見せかけの花嫁

リン・グレアム 作

柿沼摩耶 訳

ハーレクイン・ロマンス

東京・ロンドン・トロント・パリ・ニューヨーク・アテネ・アムステルダム
ハンブルク・ストックホルム・ミラノ・シドニー・マドリッド・ワルシャワ
ブダペスト・リオデジャネイロ・ルクセンブルク・フリブール・ムンバイ

A DEAL AT THE ALTAR

by Lynne Graham

Published by Harlequin K.K., Tokyo, 2012

リン・グレアム

北アイルランド出身。10代のころからロマンス小説の熱心な読者で、初めて自分で書いたのは15歳のとき。大学で法律を学び、卒業後に14歳のときからの恋人と結婚。この結婚は一度破綻したが、数年後、同じ男性と恋に落ちて再婚するという経歴の持ち主。小説を書くアイデアは、自分の想像力とこれまでの経験から得ることがほとんどで、彼女自身、今でも自家用機に乗った億万長者にさらわれることを夢見ていると話す。

主要登場人物

ベアトリス・ブレイク……………小学校の教師。愛称ビー。
モンティ・ブレイク………………ビーの父。
エミリア・ブレイク………………ビーの母。
ザラ、トーニー……………………ビーの異母妹。
ジョン・タウンゼント……………ビーの元恋人。
セルギオス・デモニデス…………実業家。
ネクタリオス・デモニデス………セルギオスの祖父。
ティモン……………………………セルギオスのいとこ。故人。
パリス、ミロ、エレニ……………ティモンの遺児。
メリタ・シアキス…………………セルギオスの愛人。

1

強い。そして何より、彼は無能な人間は容赦しない非情な実業家として有名だった。一匹狼《おおかみ》を自任する大富豪は自分の下した決定をいちいち解説する必要がないと思っているので、重役陣はしばしば困惑した。

つい最近まで、ロイヤルホテル・チェーンを買収することが至上命令と思われていた。セルギオスがホテルチェーンのオーナーの美しい娘、ザラ・ブレイクと結婚するといううわさもまことしやかに流れていた。ところが、ザラとイタリア人銀行家との抱擁写真がメディアに掲載され、うわさはたちどころに消えた。セルギオスの部下は事の成り行きを固唾をのんで見守っていたが、ボスがその件を気にかける様子はみじんもなかった。

「ブレイクに提示した当初の条件は撤回した。買収価格は引き下げる」ゆったりとした口調ながら、セルギオスは彼好みの非情な取り引きができることに

「ロイヤルホテル・チェーンをどうするかだと?」セルギオス・デモニデスは黒々とした眉を上げてせせら笑った。「しばらくブレイクをやきもきさせておこうじゃないか」

「承知しました」同僚らに懇願され、みなを代表して質問したイギリス人役員のトーマス・モローは、額に冷や汗が噴き出すのを感じた。世界屈指の富豪であるボスに面と向かって質問する機会はまれで、自分の発言が愚かで幼稚と見なされないよう必死だった。

ギリシア人のセルギオスは青みがかった黒髪を持ち、背が高く、その体つきはがっしりとして実に力

目を輝かせていた。

ロイヤルホテル・チェーンを実勢より高値で買い取るのは、本来セルギオスの主義に反していた。それでも、二カ月前はどんなことをしてでも買収を成立させるつもりだった。なぜなら、敬愛する祖父のネクタリオスが築いたビジネス帝国の出発点はロンドンの初代ロイヤルホテルの経営だったうえに、その祖父が瀕死《ひんし》の床にあったからだ。だが幸いにも、タフな祖父はアメリカで最先端の心臓手術を受け、奇跡的な回復を遂げた。ホテルの買収は祖父の八十歳の誕生日のいささか風変わりなプレゼントになるかもしれない。だが、もはや必要以上に金をかける気はなかった。

取り引きの一部として妻も迎えるところだったが、過ちを犯さずにすんで、セルギオスは救われた思いがした。ザラ・ブレイクは見た目は美しいが、誇りも品性もなく、身持ちの悪い女であることを自ら示した。もっとも、子どもたちのことを考えると、ザラの母性本能は利用価値があったかもしれない。セルギオスは、いとこの急死で幼い三人の子どもを引き取る羽目に陥りさえしなければ、再び妻をめとる気持ちになど、とうていなれなかった。

不意に整った顔が険を帯びた。悲惨な経験は一度でたくさんだ。それでも、子どもたちのためなら耐えがたきを耐えて再婚する覚悟はあった。だが、あくまで形ばかりの結婚になっていただろう。つまり、子どもたちに母親を与えて自分の良心をなだめるための便宜的な結婚にすぎない。子どもについてはまったくの無知で、自分の子を欲しいと思ったこともなかった。だが、いとこの子どもたちに救いの手が必要なのは明らかで、それが何よりプライドと名誉を重んじるセルギオスの心を刺激した。

「では、ブレイクの出方を待つということですね」

トーマスが沈黙を破った。

「長くはかからないだろう。やつは事業を拡大しすぎて資金が底をつき、選択肢はほとんど残っていない」セルギオスの口もとに満足げな笑みが宿った。

「おまえは小学校の教師だ、子どもの扱いは手慣れたものだろう」木製のパネル張りのオフィスに立ちつくす長女のあっけに取られた表情にも素知らぬ顔で、モンティ・ブレイクは言った。「おまえならデモニデスにとって申し分のない妻に――」

「ちょっと待って」ビーことベアトリス・ブレイクは片手で父親を制し、もう一方の手で額にかかる栗《くり》色の髪を払った。グリーンの瞳には信じられないという表情が浮かんでいる。唐突に父に呼びつけられたときの胸騒ぎは気のせいではなかった。「お父さんが話している相手はザラじゃなくて、私よ。あのプレイボーイの億万長者と結婚する気はないわ。いくら家で彼の子どもの面倒を見る女性が必要だからといって――」

「デモニデスの子どもじゃない」モンティは遮り、訂正した。「いとこ夫婦が死に、後見人になったんだ。まさか彼がそんな厄介事を引き受けるとはな」

それで何かが変わるとでも？　父親の説明を聞いて、丸みを帯びたビーの顔がいっそう引きつった。子どもを疎んじる男性は何人も知っている。とりわけ、目の前で女性蔑視の発言をしている男性のことは。世間知らずの妹のザラに対しては、ギリシアの海運王と政略結婚するよう言いくるめることができたかもしれないが、私は妹とは違う。

実際、ビーは用心深く、他者の意見に左右されることはなかった。父親に褒められたいと思ったこともない。モンティには娘を褒める姿勢が皆無だったのだから、それも無理はない。幼いころから娘に関心を示さなかった父親のことは、好きでもないし尊敬もしていないと断言できる。十六歳のとき、父はビーにダイエットして髪を明るい色に染めたらどうかと忠告し、彼女の自尊心をひどく傷つけた。モンティ・ブレイクにとっての完璧な女性とは、ブロンドのほっそりした美女だった。ビーの髪はブルネットで、体つきは女らしい起伏に富んでいた。

ビーはデスクに飾られた継母のイングリッドの写真に目を留めた。元モデルの美貌のスウェーデン人はブロンドで、体は針金のように細い。

「悪いけれど、興味はないわ」きっぱりと拒否したとき、ビーは父の憔悴《しょうすい》ぶりに気づいた。セルギオス・デモニデスと結婚しろなどととんでもないことを言いだしたのは仕事のストレスのせいかしら？

「だったら、興味を持つことだな」モンティは語気鋭く言い返した。「おまえとおまえの母親は何不自由なく暮らしている。だが、ロイヤルホテル・チェーンが倒産してデモニデスに二束三文で買いたたかれたら、困るのは私やおまえの継母だけではない。私に依存している者はみな……」

ビーは不吉な予感に身をこわばらせた。「何が言いたいの？」

「よくわかっているはずだ」いらだたしげな答えが返った。「おまえは妹ほど愚かではない」

「ザラは愚かなんかじゃ――」

「はっきり言おう。私は長年おまえたちに手厚い援助を与えてきた」

気分のいい話ではなかったが、ビーは公正に物事を考える性格だった。「ええ、わかっているわ」父の言う〝手厚い援助〟とはむしろ〝罪滅ぼし〟だと思ってきたが、今はそれを言うべきときではない。

ビーの母親のエミリアはスペイン人で、モンティの最初の妻だった。ビーが四歳のとき、母はひどい交通事故に遭って半身不随となり、車椅子生活を余儀なくされた。若く野心家の夫が自分の障害を疎ましく思っていることを、エミリアはすぐに感じ取った。エミリアは避けようのない事態を黙って受け入れ、離婚に同意した。騒ぎ立てずに自由の身にしてくれた感謝のしるしとして、モンティは新興の住宅地に一軒家を買い、エミリアの障害に合わせた改造を施して妻と娘を住まわせた。さらにビーが母の介護に追われることがないよう、介護サービスの費用も負担した。介護のためビーは幼いころから遊びや友だちづき合いを制限されたが、父の経済的な支援があればこそ大学に進学もでき、熱望していた教師にもなれた。そのことは身に染みてわかっていた。

「言うことを聞けないなら、今後、私の温情につけ入った甘い汁は吸えなくなる」モンティは険しい口調で宣言した。「エミリアの家は私の名義だから、いつでも好きなときに売り飛ばせる」

ビーは露骨な脅しに愕然《がくぜん》とした。ここまで冷酷な父を見たのは初めてだった。「お母さんになぜそんなひどい仕打ちをするの？」

「こうなったら何を気にする必要がある？」モンティはにべもなくきき返した。「おまえの母親と結婚したのは二十年も前なのにずっと面倒を見てきた。たった五年しか結婚していなかった女への義務はとっくに果たしていると誰もが認めるはずだ」

「私もお母さんも、お父さんの援助にどれだけ感謝しているかわかっているでしょう」卑劣な脅迫を受けながらへりくだるのは屈辱的だった。

「援助を続けてほしいのなら、相応の犠牲を払うことだ」モンティは露骨に言った。「なんとしてもセルギオス・デモニデスにホテルを正当な値段で買わせてやる。やつもその気だったんだ。ザラがやつを袖にしてあのイタリア人と結婚するまでは」

「ザラはヴィターレ・ロッカンティと結ばれて最高に幸せよ」ビーはぎこちない口調で異母妹をかばった。「デモニデスほどの手ごわい実業家を説得してこちらの言い値でホテルを買わせるなんて、私にできるわけないわ」

「まあ率直に言って、おまえはザラほど器量はよくない」モンティはずけずけと言い放った。「だが、私の知る限り、デモニデスが必要としているのはやつが抱えこんだ子どもたちの母親になる女だ。その点、おまえは申し分ない。ザラなど足もとにも及ばない立派な母親になる。なにしろ、おまえの妹は字もまともに読めないんだからな！　デモニデスはそれも知らずに結婚を承知したに違いない」

失読症に苦しむ妹への暴言に腹が立ち、ビーは冷ややかに父を見すえた。「デモニデスほどのお金と力があれば、彼と結婚して子どもたちの母親役を演じたいと熱望する女性は山ほどいるでしょう。お父さんの言うとおり、私は彼のお飾りになるような見栄えのいい女じゃないわ。そんな私にどうして彼が興味を持つと思うの？　理解に苦しむわ」

モンティは小ばかにしたように笑った。「やつの欲しいものを知っているからだ。ザラに聞いたんだ。デモニデスが望む女は分をわきまえ――」

「それなら私なんてとても務まらないわ」またも女性を蔑視した表現に眉根を寄せ、ビーは皮肉たっぷりに口を挟んだ。「それに、ザラはお父さんが思っている以上に意志の強い子よ。もしデモニデスがザラと結婚したら、トラブルが生じたでしょうね」

「だが、おまえの知性があれば、やつの望みを完璧にかなえることができる。おまえはザラよりはるかに実用向きで――」

「いいかげんにして」ビーは父を遮り、両手を広げて黙らせた。「なぜこんなばかげた話をしなくちゃならないの？　デモニデスとは一度しか会ったことがないうえに、彼は私に目もくれなかったのよ」もっとも、ギリシアの大富豪は彼女の胸には目を留めたように見えたが、よけいな情報はのみこんだ。

「デモニデスと会って取り引きを持ちかけるんだ。

ザラのときと同じ条件だ。結婚と引き換えに、前に合意した金額で私のホテルを買い取れと――」

「私に……彼と会ってプロポーズをしろと？」ビーは憤然と言い返した。「そんなばかな話、聞いたことがない！　頭がおかしいと思われるのがおちよ」

　モンティ・ブレイクは動じることなく、娘を見返した。「おまえの頭脳があればできる。おまえが彼の妻とあの孤児たちの母親の役を完璧にこなせると説得できれば、取り引きを復活させる充分な誘因となる。なんとしても売却を成立させなければならない。しかも早急に。さもないと私が一生涯かけて築いたものが音をたてて崩壊する。そうなればおまえの母親の生活も――」

「脅すのはやめて」

「ただの脅しだと思うなよ」モンティは苦々しげに娘をにらみつけた。「銀行は支援の打ち切りを迫っている。我がホテルチェーンは倒産寸前で、それをあのギリシア人の悪魔――デモニデスは手ぐすねを引いて待っているんだ。悠長に構えてはいられない。私が破滅すれば、おまえとおまえの母親も同じ運命をたどる」執拗《しつよう》に釘《くぎ》を刺す。「よく考えるんだ。障害者用の家を失い、毎日エミリアの介護に明け暮れて、自分の時間などない人生がどんなものか」

「もうやめて！」父の卑劣なやり方に耐えきれず、ビーは叫んだ。「セルギオス・デモニデスが私みたいな女と結婚すると思うなんて、正気じゃないわ」

「だが、試してみないことにはわからん」

「どうかしてるわ」

　ビーが激しく言い返すと、モンティは宙に指を突き立てた。

「やつに会いに行くのさえ拒むなら、今週中にもおまえたちの家の前に〝売家〟の看板を立ててやるからな」

「無理よ……できないわ！」ビーはしつこく食い下

がる父に唖然《あぜん》とした。「お願いだから、お母さんにこんなむごい仕打ちはしないで」

「ばかな。実に真っ当な頼みじゃないか。私は窮地に立たされている。何年ものあいだ、相当な支援を受け、高い教育も受けさせてもらっておきながら、私を救う気もないとはどういう娘だ？」

「よく言うわ」あたかも親らしい態度をとっていたかのようにぬけぬけと言うモンティに、ビーは嘲笑を禁じえなかった。「実の娘に、億万長者に近づいてプロポーズをしろと命令するのが真っ当な頼みと言える？　まったく、どこの世界の話かしら」

「子どもの養育は引き受けるが、あなたは好き勝手にしてもいい――そう言えば、デモニデスが乗ってくる可能性はある」モンティは引き下がらなかった。

「恥を忍んで申しこんだあげくに断られたら？」

「断られないよう祈るしかない」せっぱつまったモンティは歯牙にもかけなかった。「つまるところ、おまえの母親が今までどおりの楽な暮らしを続けるには、それしか手がないんだ」

「言っておくけれど、車椅子の生活は決して楽ではないのよ」ビーはぴしゃりと言った。

「だが、私の経済的庇護《ひご》がなくなれば、その生活はもっとつらくなる」モンティは冷ややかに指摘した。

数分後、父親を翻意させることができないまま、ビーはホテルを出てバスに乗り、帰宅の途に就いた。

夕食の支度をしているとき、母が介護士と図書館から帰ってきた。車椅子でキッチンに入ってきたエミリアは娘に満面の笑みを向けた。

「まだ読んでいないキャサリン・クックソンの本を見つけたのよ！」

「じゃあ、今夜はお母さんを早く寝かしつけることはできないわね」ビーは母のやつれた顔をのぞきこんだ。病気と労苦のせいでしわが多く、実際の年齢よりも老けて見える。それでも日々の生活の中に常にささやかな喜びを見いだそうとする母の姿に、ビーは涙が出そうになった。事故で多くのものを失ったにもかかわらず、エミリアは決して愚痴を言わなかった。

母を寝かしつけたあと、ビーは七歳児クラスの宿題の採点を始めたが、集中できなかった。父に言われたことが頭にこびりついていた。脅迫には違いないが、父が破産すれば単なる脅しではすまなくなる。ビーはこれまで、無邪気にも父の経済的成功が永久に続くことをみじんも疑わず、母は一生、お金の心配をしないですむものと思いこんでいた。

ビーは、最悪のシナリオを考えずにはいられない質《たち》だった。この家と庭を失ったら、母は絶望するだろう。家は、障害を持つエミリアが移動しやすいように改造されていた。体調のいいときに母が自分で手入れができるよう、異母妹のザラは裏庭の花壇の位置を高めに設計してくれた。たとえ家が売却されても、ビーの収入でアパートメントを借りることはできるが、専属の介護人を雇う余裕はないのでビー自身がつきっきりで母の面倒を見なければならない。そうなったら、収入も途絶える。

父は請求書の支払いはしてくれたが、それ以外の余分な援助はなく、実を言えば、父の経済的援助に関する法的な取り決めはいっさい存在しない。母に蓄えはなく、モンティ・ブレイクの援助がなくなれば、母娘《おやこ》は福祉に頼らざるをえない。体の不自由な母の生活を明るくしていたほんの少しの贅沢《ぜいたく》や外出もできなくなるだろう。懸命に母を守ってきたビーにとっては、なんとも耐えがたい未来だった。

どんなにささいなものでも母が大切にしていることを奪われると思うと、傲慢なギリシアの大物実業家にプロポーズをすることさえ我慢できる気さえしてくる。もしかしたら恥をかくことになるかもしれないが、それがなんだというのだろう。もっとも、この場合に〝もしかしたら〟という仮定の入る余地はない。彼女が大恥をかくのは確実で、デモニデスはこの先何年も笑い話の種にするだろう。ビーの目には、セルギオス・デモニデスはまさしく他人の不幸をあざ笑うタイプに見えた。

彼にも不幸な体験はあったようだけれど……。

その点は否定できなかった。妹のザラの結婚話が浮上したとき、ビーはインターネットで彼の経歴を調べた。知り得たことの大半は気分のいいものではなかった。セルギオスがデモニデス姓を名乗るようになったのは十代になってからで、当時の彼は札つきの不良だったという。彼はアテネでも特に治安の悪い地域で生きてきた。二十一歳でギリシア人の資産家の美しい娘と結婚したが、三年もたたないうちに妻は亡くなった。おなかの赤ん坊を道づれにして。セルギオス・デモニデスが大金持ちの成功者であることは疑いようがないが、その私生活はおおむね不幸の影に覆われていた。

しかし、その点を除けば、彼はビジネスでも女性関係でも群を抜いた実力者という評判だった。うわさではきわめて知的で頭脳明晰《めいせき》だが、傲慢で冷徹な人物としても知られていた。もし神経の細やかなザラが彼と結婚していたら、最悪の日々が待っていただろう。彼女のペットであるうさぎのフラッフィーにとっても。

幸い、ビーは自分のことを神経が細いとは思っていなかった。父親抜きで障害を持った母を支えなければならなかった彼女は、幼くして大人になることを余儀なくされ、自分のまわりに強固な防護壁を築いた。

二十四歳にしてすでに、ビーは自分のそんな頑《かたく》なな態度や質素で地味な外見に男性が魅力を感じないことを知っていた。美しくもなければ女らしくもないことを自覚していたし、デートした相手はただひとりを除いて、みんな恋人というより友人だった。男性を誘惑したり、駆け引きをしたりすることができない自分を、彼女は分別がありすぎるのだろうと思っていた。それでも、恋に落ちて夢のような数カ月を過ごしたこともあったが、母の介護が原因で破《は》綻《たん》し、心に深い傷を負った。外見には無頓着でもビーは頭がよく、常に優秀な成績を修め、さまざまな賞をもらった。それが異性を近寄りがたくさせることも知っていた。

これまで出会った男性たちは、何かにつけてビーがずばずば指摘するのをいやがった。彼女は不正や残忍な行為を決して許すことができず、女性にありがちなか弱さをアピールすることもなかった。その点、父の再婚相手であるイングリッドはビーとは対照的だった。身も心も弱い女として四六時中、父の機嫌をとっていた。大好きな妹のザラでさえ、男性を喜ばせようとする遺伝子を受け継いでいるように見える。一方、父が秘書と浮気をしてできたいちばん下の妹のトーニーは、ビーに似ていた。

あれこれ考えたすえに、ビーはセルギオス・デモニデスに面会を申し入れようと決意した。これほどまで無力感を覚えたことはなかった。なんてばかげた話だろう。セルギオスと会ったところで、まったくもって無駄なのに。

プライドを押し殺してビーがセルギオスに面会を申し入れた二日後、セルギオスの秘書が、モンティ・ブレイクの娘のベアトリスと会うかどうか、ボスに尋ねた。

意外にも、セルギオスはすぐに彼女のブルネットの髪と怒ったような若草色の瞳、それに豊かな胸を思い出した。退屈な食事会はあの重力に逆らうみごとな胸の眺めに救われた。もっとも、当人はじろじろ見られて気分を害したようだったが。それにしても、いったいブレイクの娘が僕になんの用だ? セルギオスは指を鳴らして秘書を呼び、即刻ベアトリスの経歴を調査するよう命じてから面会を許可した。

翌日の午後、ビーはSD海運のロンドン本社に出向き、ロビーの椅子に座って呼び出しを待っていた。今日の彼女はグレーのパンツスーツを身につけている。保護者との面談用にあつらえたものだが、少なくとも堂々としてみせることはできるだろう。

セルギオスがその強烈な個性を印象づけるかのように巨大なビジネス帝国の名に自らのイニシャルを冠したのは驚くにあたらない。これから自分がすることを意識するなり、ビーの鼓動が速くなった。

「お待たせしました、ミズ・ブレイク。ミスター・デモニデスがお会いになります」美しい受付嬢がビーにはとてもまねのできない職業的な笑顔で告げた。

緊張が極限に達し、ビーは吐き気を催した。これから起こるに違いない屈辱は耐えがたく、逃げだしたくなった。そこで、ビーはすばやく自分に言い聞かせた。このギリシアの大富豪は開いたドレスの胸もとから目を離せない、腐るほどお金を持っているだけのろくでなし、と。あのつまらない食事会のために友人から借りた襟ぐりの深いドレスを思い出すと顔が熱くなる。あの日、セルギオスの賞賛の視線はビーを赤面させ、日ごろはその目立つ胸を隠していたことを思い出させた。同時に、彼が美しい妹のザラに関心を払っていないことに驚きもしたのだった。

ベアトリス・ブレイクが地味な靴を履き、しっかりした足どりでオフィスに入ってきた瞬間、彼女には愛想よく振る舞うつもりがないことを見て取り、セルギオスは不快感を覚えた。女らしい体の線が堅苦しいパンツスーツで台なしだ。深い茶色の髪は後ろにひっつめられ、顔は化粧っ気がない。完璧に装った女性を見慣れた目には、好印象を与えようとする努力がかけらも見えないさまは非礼にさえ映った。

「僕は忙しいんだ、ベアトリス。なんの用か知らないが、手短に頼む」彼はいらだたしげに言い渡した。

長い影を落としてそびえる高層ビルのようにセルギオスが目の前に立つと、ビーは圧倒され、慌てて一歩あとずさった。並外れた長身と広い肩、そして長くたくましい脚。彼の体の大きさと威圧感を忘れていた。認めるのは癪《しやく》だが、ゴージャスな青みがかった髪と日に焼けて彫りの深い端整な顔は息をのむほど魅力的だ。細いゴールドの腕時計や白いシャツのカフスの渋い輝き、オーダーメイドの黒っぽいビジネススーツには、裕福さがにじみ出ていた。

磨き抜かれたブロンズのような色の瞳と視線が合うや、ビーはハンマーで胸を打たれたかのように息もできなくなり、心臓が再び激しく打ちはじめた。

「父の名代としてあなたに会うように言われました」小さな声が弱々しく響き、ビーは顔をしかめた。

「小学校教師の君がいったいどんな話をするんだ？傾聴に値する話かな？」セルギオスは歯に衣着《きぬ》せずに尋ねた。

「驚くかもしれませんが……」なぜかビーはおかしくなって笑いそうになり、唇を引き結んだ。「そう、絶対に驚くでしょうね」声に力強さが戻る。

セルギオスの人生で驚くことはまれで、しかもそれは決して歓迎すべきことではない。支配欲の強さは自覚しており、それを変えるつもりもなかった。

「少し前に妹とのあいだに縁談が……」

「ああ。だが、ザラと結婚してもうまくいかなかっただろう」セルギオスはそっけなく応じた。

ビーはバッグの持ち手をこぶしが白くなるほどきつく握りしめ、深く息を吸いこんだ。「あなたが結婚に何を求めているか、妹が話してくれました」

奇妙な会話の成り行きをいぶかりながら、相手にわからないようセルギオスは歯ぎしりをした。「それはまたずいぶん軽率なことをしたものだ」

ビーは動揺し、頬を染めた。「正直に手持ちのカードをすべて見せて、要点を言うわね」つい口調がぞんざいになる。

モダンなデスクの端にもたれ、セルギオスは威嚇するようなまなざしをビーに注いだ。そして、躊《ちゅう》躇《ちょ》する彼女を促した。「どうぞ」

いらだちと緊張に満ちた沈黙が二人を包んだ。

大きく息を吸いこんだビーの胸がジャケットの下でふくらみ、ぴったりしたブラウスのボタンがはじけそうになった。セルギオスは今でも目に焼きついている豊満な胸の上でぴんと張られたシャツに、つかの間、目を吸い寄せられた。

「あなたに会えと父に圧力をかけられたの」ビーはぎこちなく言った。「ばかげた話だと抵抗したけれど、来るしかなかったわ」

「ああ、確かに……そのようだね」セルギオスはあからさまに退屈さを強調した。「まだ話の要点がわからない」

「父は私にザラの代わりをさせようとしているの」ビーは喉の奥から絞り出すように言った。セルギオスの顔に驚《きょう》愕《がく》の色が広がり、それを見る彼女の顔はほてり、たちまち赤くなった。「わかっているわ。だから、ばかげた話だと言ったでしょう。でも、父はなんとしても以前に合意したホテルの売却条件を復活させたくて、望ましい妻を取り引きに加えようと考えたの」

「望ましい？　君は僕の妻になりたがる女性のタイプとはまったく違う」セルギオスは率直な感想を口にした。

事実だった。ベアトリス・ブレイクは、セルギオスの行く先々に押しかけては必死に関心を引き、結婚指輪とまではいかなくても富のおこぼれにあずかろうとする派手な女性たちとは異なり、きわめて平凡な女性だった。だがそのとき、ある記憶がセルギオスの脳裏によみがえった。

〝地味な女は最高の妻になる〟かつて祖父はそう言った。〝おまえのおばあさんは忠実で優しく、献身的な女性だった。あれ以上すばらしい妻はいない。家は宮殿のように整えられ、子どもたちはたっぷりと愛情を注がれ、そして私の言葉は法のごとく扱われた。彼女は一瞬たりとも私を煩わすことがなかった。美人と結婚する前によく考えることだ。見た目のいい女は自分が与えるものはわずかなくせに、要求はとてつもなく大きいものだ〟

彼の指摘にうろたえながらも、ビーはすばやく立ち直り、顎を上げた。「確かに、私はあなたが普段つき合うようなブロンド美人ではないけれど、あなたが求める妻の座には、ザラよりも私のほうが適任だと思うわ」

途方もないビーのずうずうしさに、むしろ魅力のようなものを覚えたものの、セルギオスは眉根を寄せて言った。「僕の妻という立場がまるで職業のように聞こえるな」

「そうじゃないの？」ビーは挑むような口調で尋ねた。「私の理解するところでは、あなたが結婚を望む理由はただひとつ、亡くなったいとこの子どもたちに母親を与えたいということでしょう。私は家にいてずっと子どもたちの世話ができるわ。ザラには無理だったと思う。それに――」

「少し黙ってくれ」セルギオスは遮り、眉をひそめて彼女を観察した。「そんなたわごとを僕にまくしたてるよう仕向けるとは、いったい君の父親はどんな圧力を加えたんだ？」

一瞬、ビーは緊張した。だが、不意に反抗的な気分になって顎を上げた。今さら父に強制されたことを隠してもなんの意味もない。だいいち、適当にごまかすのはプライドが許さなかった。「私の母には重度の障害があるの。父はロイヤルホテル・チェーンの売却の話が流れたら、私たちの家を売り、母の介護費用の支払いを止めると脅したわ。私は父に頼る必要はないけれど、母は違う。母が苦しむ姿は見たくないの。そうでなくても、母はこれまでさんざん苦しんできたから」

「そうだろうな」

セルギオスは彼女の話に心を動かされていた。モンティ・ブレイクが家族に対してこれほど冷酷だとは。セルギオスが知る最も冷徹な人間のひとりである祖父のネクタリオスでさえ、障害を持つ元妻を虐げるようなまねはしなかっただろう。ベアトリスの正直さと母親への忠誠心は尊敬に値する。彼女がどんな女性かは、その二つによく表れている。彼女がここに来た目当ては僕の贅沢なライフスタイルや財産ではない。ほかに選択肢がなくてしかたなく来たのだ。自尊心をくすぐるとは言いがたいが、セルギオスはご機嫌とりには嫌気が差していた。富や権力ではなく、その背後にある本来の自分を見る者がほとんどいないことはずいぶん前に気づいた。

「で、君が妹よりいい妻になるという根拠は？」セルギオスはビーの結婚に対する考え方に興味を引かれた。雇われ妻――古典的な役割に対するその新しい解釈には魅力があった。根っからのビジネスマンである彼はすぐにその利点を悟った。雇われた妻なら僕が踏みこまれたくない領域を尊重しつつ、僕を満足させる努力をするだろう。なるほど、合理的な取り引きに、煩わしい感情や誤解の入る余地はない。

「私はわがままではないし、自立心を持ち、分別もある。お金もかからないと思うわ。外見を飾るのにあまり関心がないし」虚飾が罪であるかのようにビーの唇が引き結ばれた。「それに、子どもの扱いも上手よ」

「六歳の男の子が壁にいたずら書きをしたら、君はどうする？」

ビーは眉根を寄せた。「よく話をしてみるわ」

「話しかけても口を聞かないんだ。弟のほうは四六時中しがみついてくるし、いちばん下の子はぼんやりと宙を見ているだけだ」セルギオスはまくしたてた。彼は子どもたちの行動が理解できずに悩んでいた。だが、ふと我に返って首をかしげた。「なんだって僕はこんなことを君に話しているんだ？」

ビーは彼の打ち明け話に驚いた。子どもたちの問題が常に彼の頭を占めている証拠だろう。「私がその答えを知っていると思ったからかしら？」

そのとき、ノックの音とともにドアが開いて、誰かがギリシア語でセルギオスに呼びかけた。短い応答のあと、彼は値踏みするような視線をビーに走らせた。

「君の提案を検討してみよう」セルギオスの口調は穏やかだった。「忠告しておくが、僕を満足させるのは容易ではない」

「そんなこと、初めてあなたを見たときにわかったわ」あっけに取られながらもビーは言い返し、彼の皮肉っぽいまなざしと険しく研ぎ澄まされた顔だち、意志の強さをにじませる唇を観察した。他人の忠告などいっさい受けつけない男の顔だ。

「次は手相で僕の将来がわかるとまで言いだしそうだな」セルギオスは冷ややかに指摘した。

頭がくらくらしたままビーはオフィスを出た。彼は検討すると言った。儀礼的に言っただけ？　でも、口先だけの言葉を言うタイプには見えない。セルギオス・デモニデスが本気で私を妻にすることを検討しはじめたら、私はどうなるの？　間違いなく却下されると思っていたから、現実に彼の妻になることなどこれっぽっちも考えていなかったのに。

2

四日後、勤務先の小学校の校門を出たビーは、少し先に大きな黒塗りのリムジンが止まっていることに気づいた。

「ミス・ブレイクですね？」

ボディガード然とした体格のいいスーツ姿の男性が近づいてきて、いきなり尋ねた。

「ミスター・デモニデスがあなたのご自宅までお送りしたいと申しております」

ビーは目をぱちくりさせ、窓がスモークガラスになっているリムジンの光輝く車体をまじまじと見た。どうやって私の職場を知ったのかしら？　セルギオスの目的は見当もつかないけれど、承諾するしかない。リムジンが待っているのに、バスを待つ列に並ぶ必要はないでしょう？　先だっての私の提案を直接に断りに来たの？　わざわざ？　にわかには信じがたかった。セルギオスのように高い地位にある者は、他人のためによけいな手間をかけたりしないものだ。

高級車に向かうビーと体格のいい男性のために、居合わせた同僚や保護者が道を空けた。好奇の視線が突き刺さる中、ビーは赤面した。

「やあ、ベアトリス」セルギオスは、ノートパソコンから顔を上げ、重々しくうなずいてみせた。

豪華な車に乗りこみながら、ビーは彼の全身から放たれる野性的なオーラにうろたえた。彼は原始的な男らしさの塊だ。大学時代の友人なら男性ホルモンの匂いがすると言うだろう。高価なコロンの香りがさらにビーを刺激し、体がこわばり、胸の頂が硬くなる。セルギオスが発する性的な刺激に激しく反応する自分の体に、彼女はとまどった。伏し目がちに精悍《せいかん》な横顔を見やると、角張った顎の線を濃い影が覆っている。それ以外は一分の隙《すき》もない身なりで、一日の仕事を終える時間に近いというより、これから仕事にかかるように見える。ビーはといえば、見た目より快適さを重視したレインコートにスカート、膝下までの長靴という格好で、髪は風に乱れている。たちまち彼女はいたたまれない気持ちになった。

でも、なぜこんなふうに感じるの？　いつも私が服装で気にするのは、清潔できちんとしているかどうかだけなのに。

リムジンが走りだすと、セルギオスはパソコンを閉じた。そして、ビーのほうへ顔を向けたとたん、顔をしかめた。流行遅れでみすぼらしささえ漂う服は見られたものではない。だが、肌はなめらかで、瞳は美しく、豊かな髪はつややかだ。たいがいの女性はその長所をより美しく見せようと努力するだろう。なぜビーは外見にかまわないんだ？　セルギオスは初めて疑問を抱いた。

「この光栄な待遇はどういう風の吹きまわし？」

パソコンを脇に置くセルギオスの手を見て、ビーはきれいだと感じると同時に、そんなふうに思う自分にぎくっとした。

「僕は今夜ニューヨークに発《た》つ。その前に子どもたちに会ってほしいんだ」

「どうして？」ビーの目に困惑の色が浮かぶ。「なぜ私を子どもたちに会わせたいの？」

セルギオスのセクシーな唇の端にかすかな笑みが宿った。「例の職務の候補に君を考えているからに決まっているだろう」

「まさか！」ビーは信じられなかった。

「本当だ。モンティは君という最高のカードを切ってきたわけだ」セルギオスはビーの慌てぶりをおもしろがった。絶望的な表情に思わず笑いだしそうになる。まったく彼女は新鮮だ。

「わけがわからないわ。あなたなら、どんな女性とだって結婚できるのに！」

「自分を過小評価してはいけない」セルギオスは、この数日で集めた彼女に関する資料を思い返した。彼は異母妹のザラのときより綿密な調査を指示していた。「僕が調べさせたところでは、君は母親思いの献身的な娘であり、優秀かつ熱心な教師でもあるらしい。君ならあの子たちに必要なものを与えられると、僕は確信して――」

「私のことをどうやって調べたの？」ビーは憤慨して尋ねた。

「それなりの金を支払えば数時間で必要な情報を収集する調査会社はいくらでもある」セルギオスは悪びれもせずに答えた。「調査結果には大いに感心しているよ」

だけど、私は結婚すると本気で言ったわけじゃない。ビーは反論の言葉を慌ててのみこんだ。父の脅迫がなくなったわけではなく、母の介護のためには父の経済的援助が不可欠だ。援助を絶たれたら、母はこれまでのようには暮らせない。ビーは自分の人生の行く手に予測もつかないほど長く暗いトンネルが出現した気がした。セルギオスが結婚を望めば、拒否するという選択肢は今の私にはない。

「もし子どもたちに神経症の兆候があるなら、私には手に余るわ。その分野の経験がないから」彼に再考を促そうとビーは冷静に忠告した。「子どもを育てた経験もないし、奇跡は起こせない」

「僕は奇跡など信じていないから、期待もしていない」セルギオスは冷ややかに言い、こわばったビーの顔を見すえた。「だが、僕の要求を満たすために従ってもらう条件がある」

ビーは押し黙った。セルギオス・デモニデスとの結婚が現実味を帯びはじめたことに衝撃を受け、まともに口をきく自信がなかった。彼の提示する条件はきっとハードルが高く、恐ろしいほど長いリストになるに違いない。対象がなんであれ、セルギオスは絶対に妥協せず、常に完璧を求める。

とにかくじっくり話し合わなければ。ビーは帰りが遅くなると携帯電話で母に連絡した。電話を終えるころには、リムジンは葉が出はじめた樺《かば》の木が両脇に立ち並ぶ私道に入っていた。そして、一軒の豪邸の前で止まった。

「ロンドンで拠点にしている家だ」セルギオスは鋭く冷たいまなざしをビーに注いだ。「僕の妻としての義務のひとつは、各地にある家を管理し、滞りなく切り盛りすることだ」

〝妻〟と〝義務〟という言葉の組み合わせは恐ろしく前近代的な響きがした。「あなたは家庭内では暴君になるタイプなのかしら？」

セルギオスは怪訝《けげん》そうに眉をひそめた。「今のは冗談か？」

「いいえ、妻と義務という言葉を同じ文脈で使われると、ビクトリア朝時代めいて聞こえるわ」

「君は最初に、妻の務めを会社の職務のように言った。僕もそのほうがいい」

だが、教師という職業が大好きなビーは、自らの提案を実行するよう迫られたことに愕然《がくぜん》としていた。まさか現実になるとは思わなかったから、起こりうる結果をろくに考えもせず父親に言われたとおりにしたのだ。彼女は今その報いを受け、事の重大さにおののいていた。

ビーがセルギオスについて広い玄関ホールに入ると、彼は挨拶に出てきた使用人に何か指示して、巨大な客間に彼女を通した。

「ザラと違い、君は無口だな」

「驚いているからよ」ビーは力なく認めた。

「面食らっているようだが、なぜだ？」セルギオスのブロンズ色の目にいらだちがにじんだ。「僕は普通の妻をめとるつもりは毛頭ない。感情的な束縛を受け、あれこれ注文をつけられて、行動を制約されるのは願い下げだ。だが、実用的な観点からすると、こちらの望む役割を果たしてくれる女性は僕の人生にとって有用ではある」

「あなたの妻になって私にどんな得があるかわからないせいかもね」ビーは正直に答えた。「あなたが父のホテルを買えば、当面は母の生活が保証されるということ以外に」

「結婚すれば、君のお母さんの生活は僕が一生保証する」セルギオスは淡々と請け合った。広い部屋に低い声が響く。「のちのち僕たちが別れることになっても、君にお母さんの介護の心配はさせないし、お母さんがまたお父さんに頼るようなこともさせない。お母さんの持つ障害に対する最高水準の治療を含め、必要なものがすべて提供されるように、僕が直接取り計らう」

セルギオスの言葉は、朝の到来を告げるあけぼのの光のようにビーを圧倒した。思わず彼女は母の生活の質を向上させる高額の付加的医療サービスのことを思い浮かべていた。私が施している素人のリハビリテーションの代わりに、プロによる理学療法が定期的に受けられれば、母の衰えた手足の筋肉を強化し、時おり母を苦しめる呼吸困難をやわらげる方法が見つかるかもしれない。ビーは不意に気づいた。セルギオスは母の生活を大きく改善させる財力の持ち主なのだ、と。

子守《ナニー》の制服を着た若い女性が一歳半くらいの赤ん坊を抱いて入ってきた。その後ろから子どもが二人、おどおどとついてきている。

「ありがとう。あとは僕たちが見る」セルギオスはナニーに言った。

カーペットの上に下ろされるや、赤ん坊はたちまち泣きだした。しかめた顔に涙が流れ落ちる。三歳くらいに見える男の子はセルギオスのズボンにしがみつき、いちばん上の男の子は、ビーから数メートル離れたところで用心深く立ち止まった。

「よしよし、いい子ね」ビーが抱き上げると赤ん坊はぴたりと泣きやみ、不安げなまなざしを向けてきた。青い瞳が愛らしい。「この子の名前は？」

「エレニ……こっちはミロだ」セルギオスはしがみついている幼児を引きはがし、ビーに抱きつけと言わんばかりに彼女のほうへそっと押し出した。

「だったら、あなたはパリスね」ビーはしゃがんでミロを迎えながら年長の子に呼びかけた。「あなたがお誕生日に新しい自転車をもらったって、私の妹のザラから聞いたわ」

パリスはにこりともしなかった。それでも、ビーがエレニを抱いてソファに座ると近づいてきた。ミロは自分に注意を引きつけようと一生懸命ビーの隣によじのぼり、妹が座っている彼女の膝を狙ったもののの、あいにくスペースがなかった。

「こんにちは、ミロ」

「パリス、マナーを忘れるんじゃない」セルギオスが厳しく注意した。

すると、パリスはおどおどとビーに細い腕を伸ばし、目を合わせずにぎこちなく握手した。ビーは隣に座るようパリスを促してから言った。

「私は学校の先生をしているのよ、パリス」続いて、通っている学校についてビーが尋ねると、少年はおびえた表情で慌てて目をそらした。学校で何かつらい思いをしているようだ。三人のうちではミロがいちばん子どもらしいエネルギーにあふれ、遊んでもらいたくてビーの関心を引こうとしていた。だが、パリスは緊張していかにも不安げで、女の子はひどくおとなしく、反応に乏しいのが気がかりだった。

三十分もすると、セルギオスは実感した。ベアトリス・ブレイクこそ僕の人生における困難で厄介な問題を解消するのに必要としている女性だ、と。子どもたちは彼女の優しさとエネルギーのとりこになっていた。子どもたちとごく自然にくつろぐ様子は、緊張していたザラとは大違いだ。ザラは子どもたちと親しくなろうとするあまり、懸命に機嫌をとっていた。一方、ビーからは穏やかな威厳が感じられ、子どもたちの尊敬を勝ち取っているのがわかる。セルギオスはナニーに子どもたちを連れていかせた。

「さっき、条件と言ったわね……」ビーは先ほどの会話に戻り、大事な点に意識を集中しようとした。だが、ギリシアの大富豪と結婚するなどあまりにも現実味がなく、頭がまともに働かなかった。

「ああ、確かに言った」

窓辺に立つセルギオスの豊かな黒髪を弱まりつつある日差しが照らし、彫りの深い端整な顔だちをくっきりと浮かび上がらせている。たちまちビーの意識は彼に吸い寄せられた。しかし、彼が次に口にした言葉に、彼女はひどく驚いた。

「僕にはメリタという愛人がいる。そのことに関しては、交渉の余地はない」セルギオスは冷ややかに告げた。「ほかにも女性とのつき合いはあるだろう。もっとも大っぴらにはしないから、新聞の見出しになるようなことはない」

セルギオスの冷静で抑制のきいた態度に慣れつつあったビーは、あまりのあけすけな告白に衝撃を受けた。彼に愛人がいる？　〝メリタ〟というのはギリシア人の名前かしら？　いずれにしても、セルギオスは愛人に対しても不実で、ひとりの女性で満足するタイプではないらしい。彼のそばで考えたくもない生々しい光景を想像して、頬が燃えるように熱くなった。ビーは恥じ入ってまつげを伏せたが、頭はなおも彼の引き締まったブロンズ色の体がセクシーなブロンド美人の白くしなやかな体とからみ合う光景を描き続けていた。

「君と親密な関係を持とうとは思っていない」セルギオスは断言した。「だが、君が自分の子どもを産みたいと望むなら、それを拒絶するのは僕の身勝手というもので――」

「その場合は、対外受精という手もあるわ」ビーは急いで遮った。

「あまり信頼できないという話を耳にするが」

ビーはひたすら自分の足もとを見つめていた。彼には愛人がいる。私とベッドをともにするつもりはない。だったら、私はどうなるの? 名前ばかりの妻? 「私はどんな人生を送ることになるのかしら?」ビーは顔を上げ、唐突に尋ねた。グリーンの瞳が雨に濡《ぬ》れた若葉のように光っている。

「どういう意味だ?」セルギオスは愛人の話を聞いてもビーが嫌悪も興味も示さないことに満足していた。それこそ僕が求める反応だ。


「私も愛人をつくっていいということかしら……こっそりとなら?」アイロンを頬に当てられたように真っ赤になりながら、ビーは恥ずかしさと必死に闘った。でも、きいて当然だわ。正当な質問よ。妙に気どってきかないなんて、ばかげている。

セルギオスの黒い目が怒りを帯びて金色に光った。

「論外だ」

ビーは眉をひそめた。「あなたがなぜそんな結婚がうまくいくと思うのか、私は自分なりに理解しようとしているの。まさか、この若さで、私が性的な関係を禁じられた未来を受け入れると思っているんじゃないでしょうね?」彼女は屈辱と闘いつつ、ぎこちない口調で言った。

言われてみれば彼女の抗議ももっともだと思われた。だが、浮気する妻などとうてい受け入れられるものではなかった。セルギオスは肩をいからせ、憤然として言った。「君が愛人を持つのは許さない」

「なんて古くさくて偽善的な二枚舌かしら」ビーは言い返しながらも、彼の不機嫌な反応にくすぐったいような気持ちを感じた。しかし、なぜそう感じるのかは自分でもわからなかった。つまり、あっちはよくても、こっちはだめということね？　セルギオスとこんな会話をしていること自体、ビーは信じられなかった。彼女は二十四歳にしてバージンだった。それを知ったら、妻にも欲望があることを知るのと同じくらい、彼は動転するだろう。

批判的な口調に、セルギオスは目に怒りの炎をたたえてビーをにらんだ。「僕に向かってそんな口のきき方をするな」

教訓その一。ビーは内心でつぶやいた。セルギオス・デモニデスはかっとなりやすい性格。彼女は深呼吸をして妻の浮気に対する彼の反応をおもしろがる自分を抑えた。「正当な質問をしたのに、あなたはまともな答えを返してくれなかった。こんな調子で、結婚がいつまで続くと思うの？」

「少なくとも子どもたちが大人になるまでだ」

「つまり、私はむなしく年をとるだけ？」ビーはさらりと言ったが、内心は怒りに駆られていた。子どもたちが全員独立するころには、私の若さはとっくに失われているだろう。

セルギオスはまじまじと彼女を観察し、初めて会ったときにイブニングドレスに包まれていたバイオリンのような曲線を思い出した。豊満な胸と女らしい豊かなヒップ。下腹部が張りつめるのを感じ、彼は驚いた。「それなら、本当の結婚にすればいい」

セルギオスは冷ややかな口調であしらい、下腹部の反応をごまかした。「それが唯一可能な代替案だ。ベッドの相手が必要なら、僕が相手をしよう。それ以外の案はない」

ビーはうろたえ、髪の生え際まで赤くなった。そして彼から目をそらして言った。「こんな話、もう続けたくないけれど、これだけは言っておくわ。あなたがほかの女性とつき合う限り、あなたと親密な関係になることはないわ」

「意味のない話をするのは時間の無駄だ。お互い大人じゃないか。この問題は実際に起こったときに対処すればいい。君にサインをしてもらう婚前契約書もあることだし——」

「たくさんの家の管理と、その……愛人のことはわかったわ。まだほかにも条件があるの?」

「君が頭を悩ますようなものはない。契約についてはは弁護士が処理する。条件について何か異論がある場合は弁護士を通してくれ。さて、そろそろ家まで送らせよう。ニューヨークに出発する前に片づける仕事があるものでね」セルギオスは有無を言わさぬ口調で話を打ち切った。

夕食に誘われるかもしれないと思っていたビーは、なんとなく裏切られた気がした。彼女はレインコートのしわを伸ばし、ゆっくり腰を上げた。「私にも条件があるわ。常に私に対して敬意を払い、礼儀正しく接し、気遣いを示すことに同意してもらうわ」

思いもよらない要求に、セルギオスはドアに向かう途中で凍りついた。僕が無礼だというのか? 礼儀というものの存在を理解していなかった十八歳のころでさえ、彼はそう言われることに過剰に反応した。振り返った彼の目は濃いまつげの下で陰鬱にきらめいていた。「それは無理だな。僕は利己的で、短気で、ぶっきらぼうだ。部下には僕のやり方に合わせてもらう」

「結婚しても私はあなたの部下じゃないわ。妻と従業員の中間の存在かしら。あなたにも多少は寛容になってもらわないと」ビーは期待をこめてセルギオスの表情を探った。何もかも彼の思いどおりになると思われたらとんでもない事態に陥る。彼が非常に強い個性の持ち主であることは言うまでもない。自分の都合次第で私の意志や要望を歯牙にもかけず、容赦なく踏みにじるだろう。

セルギオスは彼に意見するビーの神経に仰天していた。「多少寛容にはなっても、生活を仕切るのは僕だ。この取り引きに合意するなら、早く式を挙げてここに引っ越し、子どもたちといてほしい」

ビーの顔に驚きの表情が広がる。「でも、母のそばを離れるわけには――」

「教師だけあってしゃべるのはうまいが、人の話を聞くのは苦手らしいな。お母さんには最良の介護が提供される」

「あなたが欲しいものを手に入れるための最良の介護がね！」ビーは怒りをこめて言い返した。

セルギオスは片方の眉を上げ、揶揄《やゆ》するようなまなざしをビーに注いだ。「それ以外のことを僕に期待できるとでも？」

3

行く末を暗示するようなセルギオスの別れ際の言葉で、ビーの生活は一変した。

翌日、ビーが学校から帰宅すると、母が困惑していた。父が激怒して電話をかけてきたという。

「セルギオスという人とあなたが結婚するって、モンティが言うの」エミリア・ブレイクはわけがわからないという顔で娘に訴えた。「だから、あなたは誰ともおつき合いしていないって言ったのだけれど……」

ビーは顔を赤らめた。「ごめんなさい。お母さんにはまだ言ってなかったわね」

エミリアは目を丸くして娘を見た。「まあ、本当にそんな人がいたなんて！　でも、あなたが外出するのは週に二回のエクササイズだけでしょう」

ビーは気が重くなり、思わず母のか細い手を取った。本当のことを言って母を動揺させるつもりはない。それどころか、母の心の平安を保つためなら、喜んで嘘《うそ》をつく覚悟だった。「つい言いそびれてしまって……。でも、喜んでもらえるかしら」

「つまり、夜の外出はエクササイズのためじゃなかったのね」エミリアは赤面する娘を、愛情たっぷりにからかった。「すごくうれしいわ。お父さんと私はいいお手本になれなかったし、あなたは同じ年ごろの女の子たちと違って、自由な時間を持てなかったから――」

「ところで、お父さんが電話で怒っていたという理由をまだ聞いていないわ」ビーはじれったそうに口を挟んだ。「お父さんは何を怒っていたの？」

「あなたの将来の旦那さまとの取り引きが思いどおりに運ばなかったみたい」エミリアはどうでもいいという口ぶりで答えた。「取り引きのことなんて、あなたにはどうしようもないでしょうに。いいこと、相手にしちゃだめよ」

母の話に、ビーはぎょっとした。「お父さんは正確にはどう言ったの？」

「自分の思いどおりにならないとき、お父さんがどんなに不機嫌になるか、あなたも知っているでしょう。それよりセルギオスという男性のことを話して。あなたが二カ月くらい前にお父さんに呼ばれた夕食会で会った方でしょう？」

「ええ、そうよ」どうやら、結婚が成立しても父は期待どおりの利益を手にすることはできないらしい。それで腹を立てたに違いない。自分の犠牲の上に父が利益を得ることはないと知り、ビーは快哉《かいさい》を叫びたかった。娘を脅して得をするなんて許されることではない。

「なんてことかしら。あなたったら、正真正銘のめくるめくロマンスを経験していたのね」エミリアは満面に笑みをたたえた。「セルギオスは本当にあなたとお似合いの男性なの、ビー？」

ビーは、母の世話を二度と父に頼らなくていいというセルギオスの言葉を思い浮かべた。知的で恐れを知らない不敵な目も。自分が受け入れた将来には不安があるものの、セルギオスが信義を重んじる人間であることは確かだ。「ええ、お母さん。大丈夫よ」

その晩、セルギオスから電話があった。彼の個人スタッフが結婚式の準備に関する連絡係になるという。そして、学校にはすぐ辞表を出すようにと促された。ビーには彼の性急さが意外だった。ザラのときには結婚式まで何カ月かかっても気にするそぶりは見せなかったからだ。

最後に、彼はとんでもない爆弾を落とした。結婚式のあと、彼女にギリシアに移り住むようにと言ったのだ。

「でも、イギリスに家があるじゃない」ビーは抗議した。

「ロンドンにも定期的に来るが、僕の母国はあくまでギリシアだ」

「ザラのときには――」

「それ以上言うな。君との結婚はまったく別物だ」

取りつく島もなかった。

「母をひとりにはできないわ」

「お母さんにもギリシアに来てもらう。ただし、僕たちが二人きりでそれなりの新婚生活を楽しんでからだが。お母さんの体に合わせた住まいはもう手配してある。お父さんからは何か聞いたか？」

彼がすでに母をギリシアに連れていく段取りをしていることに驚き、ビーはめまいがしそうだった。

彼女の予想はことごとく裏切られた。何もかもセルギオスに先を越されている。「今日母と電話で話したときにはひどく腹を立てていたそうよ」

「もくろみが外れたからな」セルギオスはそっけなく言った。「だが、それは君とはなんの関係もないし、君に代わってお父さんにもそう釘《くぎ》を刺しておいた」

「そんなことまで?」ビーは顔をしかめた。独善的なセルギオスに腹立たしさがこみあげる。自分に関係する女性の代弁者となるのは彼にとっては当然のことらしい。度を超えた支配を許さないよう用心しなければ、あっという間に私は指人形程度の意志しか持てなくなるだろう。

「君は僕の結婚相手だ。お父さんが、君や君のお母さんについて侮辱的な発言をするのは許さない。そのこともお父さんに警告したよ」

ビーは血が凍る思いだった。その場面が目に浮かぶ。警告を受けて激怒する父と、氷のように冷酷で刃物のように鋭く応じるセルギオス。父は怒りに任せて暴言を吐くが、セルギオスは慎重かつ巧妙に相手をあしらう。

「僕のロンドンの家にはいつから住める? 今週中に引っ越してくれるとありがたい」

「今週中ですって?」ビーはあきれて叫んだ。

「結婚式はもうすぐだ。今、僕は国外にいて、子どもたちの世話はイギリスのスタッフに任せている。できれば僕の留守中、君に家にいてほしいんだ。お母さんがひとりになることを心配しているなら、その必要はない。信用できる筋に住みこみの付添人を頼んである」

電話を終えたとき、ひどく追い立てられているようで、ビーはどっと疲れを感じた。自分の思いとは関係なく、人生がひっくり返ろうとしている。なるべく早く子どもたちとかかわりを持ってほしいという希望はわからないでもない。けれど、こまごまと任務を書き連ねたリストを一方的に突きつけられた従業員になった気分だ。

ところが、セルギオスが三人の子どもたちの面倒を見ていることをすでに話してあった母は、すぐにビーの立場に理解を示した。

「これからはセルギオスと子どもたちのことを優先させるべきよ」エミリアは娘を諭した。「これ以上あなたのお荷物になりたくないの。私はなんとかやっていけるわ、今までどおりに」

ビーは母の肩をそっと握りしめた。「お母さんが重荷だったことなんてないわ」

「セルギオスは自分が最優先されることを期待しているわ。夫になる男性は誰でもそうよ。私のことであなた方にけんかをしてほしくないの」

ビーはしなければいけないことを膨大なリストにまとめ、それから学校に提出する辞表をしたためた。それでもまだ残る懸案を汗をかいて忘れようと、ビーは夜間のポール・エクササイズのクラスに出向いた。結婚式担当の見るからに有能そうなセルギオスのスタッフがやってくると、リストはさらに長くなった。

「専任のスタイリストとショッピング・アドバイザーとの打ち合わせですって？」ビーは、今週末に始まる復活祭休暇《イースター》のあいだにびっしりと予定が詰めこまれたスケジュール表を眺めて力なくつぶやいた。弁護士事務所との婚前契約書に関する打ち合わせとともに、有名な美容サロンにも丸一日の予約が入っていた。「こんなものまで。結婚式とまったく関係ないじゃないの」

「ミスター・デモニデスからのご指示です」スタッフはつれなく応じた。

ビーは抗議の言葉をのみこんだ。直接セルギオスに言おう。おおかた、女性なら誰にも変身願望があると思っているに違いない。ビーは侮辱された気がした。

　その夜、新しい住みこみの介護人が来た。ビーは少し話をして荷物の片づけを手伝い、それからセルギオスの家へ移るための荷造りをした。

　翌日、セルギオスの家に着くと、ビーは何もかも行き届いた、豪華な二階の寝室に案内された。優美な女性用の机にはレターヘッドの入った便箋まである。家の中はどこも、一流ホテルさながらに管理されているようだった。

　荷ほどきをするためにメイドがやってきた。使用人の手を借りることに抵抗を感じたが、ビーは無理やり笑みを浮かべてメイドに任せ、子どもたちを捜しに部屋を出た。

　家にいたのはいちばん下のエレニだけだった。パリスは学校で、ミロは幼児サークルに行っていると子守《ナニー》が説明した。子どもたちの世話は三人のナニーが二十四時間、交代であたっていた。子どもたちの日課を教わると、ビーは子ども部屋のカーペットに座ってエレニと遊んだ。近づいて目を合わせると、最初こそ反応したものの、長く注意を引くのは難しかった。風でドアが閉まったとき、大きな音に驚いたビーは、エレニがぴくりともしないのに気づいて不安に駆られた。

「この子は聴力検査を受けたかしら？」ビーは眉をひそめて尋ねた。

　正規の資格を持つ新しいナニーは最近になって前任者から引き継いだばかりで、知らなかった。この数カ月間に何度かナニーが変わり、継続して子どもたちの世話をする者はいなかったらしい。子どもたちの健康手帳を引っ張りだしても、何もわからなかった。しかたなく病院に電話をしたビーは、定められた二カ月前の聴力検査をエレニが受けていないことを知り、すぐに検査の予約をした。子ども部屋に戻ると、ナニーが簡単な検査を試みていたが、素人のビーの目にもエレニの聴覚には問題があるように見えた。

人懐っこいミロは、久しぶりに大親友と再会したかのようにビーを歓待した。絵本を読み聞かせているうちにミロが居眠りを始めたとき、子ども部屋にパリスが現れ、弟と一緒にいるビーを見て顔をしかめた。

「今度はあなたが僕たちの面倒を見るの？」パリスはか細い声で尋ねた。

「たいがいはね。今日から私はこの家に住むから、あまりたくさんのナニーは必要ないわね。何週間かしたら私はセルギオスと結婚するのよ」その結婚に対する本当の気持ちを押し隠して、ビーは冷静な口調で説明した。

すると、パリスは怒ったような視線を投げかけ、自分の部屋に入った。きっちりと閉められたドアに、僕にはかまわないでほしいという意思がはっきりと表れていた。パリスの担任教師に話を聞くまで彼の意思を尊重することに決め、ビーは悲しげにため息をついた。私は赤の他人だ。これ以上何が期待できるだろう？　ほんの数カ月前に両親や家や慣れ親しんだものすべてを失った子どもたちとのあいだに信頼関係を築くには、時間が必要だ。時間だけが状況を改善するという現実をセルギオスが納得してくれるといいけれど。ビーは願わずにはいられなかった。

二日後、セルギオスが帰宅した。女性が住む家に、そこで何が起こっているか心配せずに帰るのは珍しい経験だった。何が待ち構えているかわからないまま自分の家に足を踏み入れるときの気持ちを、彼は今でもはっきり覚えていた。僕が自分だけの空間を守ろうとするのはあの経験のせいだ。だが、ベアトリスは取るに足りない女性だ、とセルギオスはいらだたしげに自分に言い聞かせた。彼女がこの家にいるのは僕のためではなく、子どもたちのためだ。それに、僕のプライバシーは絶対に尊重しなくてはならないとすぐに理解するだろう。

ところが、ビーは家にいなかった。外出していると家政婦から聞き、セルギオスは耳を疑った。携帯電話にかけて彼女がバスで帰途に就いていることを知るとますます不機嫌になった。

「こんなに早く帰ると思わなかったから……母に会いに行っていたの」ビーは言い訳がましく言った。

バス停から早足で歩いてきたために、豪勢な家に着いたとき、ビーの顔は上気し、呼吸は乱れていた。電話でのセルギオスの非難がましい口調に腹が立ってもいた。私には外出する権利もないの？　許可を取らなければいけなかったのかしら？　私の生活は全部彼のために費やされなくてはならないと？　豊かな濃い茶色の髪を顔のまわりにまつわりつかせ、ビーは玄関ホールに足を踏み入れた。

戸口に立つセルギオスをひと目見るなり、ビーは息をのんだ。その迫力に、煉瓦塀《れんが》にぶつかったような衝撃を受ける。彼はまだ黒いビジネススーツにストライプのシャツという格好で、緩めたネクタイだけがわずかにくだけた様子を見せていた。怒りに満ちた暗黒の天使のごとく、端整な顔がこわばり、顎の線が引きつっている。髭《ひげ》が伸びているが、彼には無精髭がよく似合い、荒々しいセックスアピールを感じる。突然、耳の中で響きはじめた鼓動と口の渇きに、ビーは呆然《ぼうぜん》としていた。

セルギオスは、どぎまぎしている未来の花嫁を険しい目で観察した。振り乱した髪からサイズの合わないジーンズまで、とうてい見られた格好ではない。一刻も早く見た目を改善させる必要がある。「外出には運転手つきの車を使うように言ったはずだが」

ビーは後ろめたそうな顔をした。「バスや地下鉄しか使わなかった若い娘には少し仰々しくて」

「その若い娘はもう存在しない。君は僕の妻になる女性だ」セルギオスはぴしゃりと言った。「その立場にふさわしい振る舞いをしてもらいたい。僕に財力があるために、君が強盗や誘拐犯の標的になる可能性がある。護身は今後の君の生活において重要な一部になる」

誘拐という言葉に動揺し、ビーは硬い表情でうなずいた。「今後は注意するわ」

セルギオスは満足してドアを大きく開けた。「話がある」

「そうね、私たちは話し合わなくては」

ビーは同意したが、本当はそのまま二階の寝室に駆け上がり、思春期の女の子のような反応がおさまるまで閉じこもっていたかった。火がついたように顔が熱い。男性に対してそんな反応を示したのは久しぶりだった。セルギオスのオフィスでそうなったときは緊張と恥ずかしさからだと思うことにしたが、今度ばかりは自分をごまかせない。セルギオス・デモニデスはたまらなくゴージャスで、その強烈な魅力に反応しない女性はいないだろう。

でも、それだけの話よ、とビーはすばやく自分に言い聞かせた。頭をもたげて彼の脇を通り、高級オフィスのような内装の部屋に入った。セルギオスは強烈なセックスアピールの持ち主で、私の体の反応は健康な欲望を持っていることのあかしにすぎない。何も気にするようなことじゃないわ。断じて彼に惹《ひ》かれているわけではない。

子どもたちの様子を尋ねられ、ビーはようやく緊張を解いた。エレニの聴力検査の結果がかんばしくなく、〝にかわ耳〟の疑いがあると言われたことを報告する。治療を前提に改めて医長に診てもらう手はずになっていた。それからパリスが寝室の壁に描いた絵についても話した。両親と家が描かれた幸せだったころの家族の絵には少年の気持ちが表れていた。パリスが亡くなった両親の写真を持っていない理由を、ビーはセルギオスに尋ねた。

「持たせないほうが動揺せずにすむと思ったんだ。あの子は前に進まなければならない」

「パリスには悲しむ時間が必要だと思う。そのためには家族の写真を持たせるべきよ」

「親の遺品は倉庫にしまってある。アルバムを出すように指示しよう」

セルギオスが素直にビーの意見を受け入れたことに驚きながら、ビーは続けた。「あの子たちにとってよくなかったのは、短期間にあまりに多くの変化を経験させられたことだと思うわ。子どもたちには落ち着いた生活が必要よ」

セルギオスは暗い表情でため息をもらした。「できるだけのことをしたつもりだったが、充分ではなかったようだな。僕は子どものことは何も知らない。どうやって話しかけたらいいかさえ見当がつかないんだ」


「ほかの人に対するのと同じよ。関心と優しさを示せばいいの」

彼の口もとに自嘲気味の笑みが浮かんだ。「それは僕に合わないな。怒鳴り散らして命令するのが僕のスタイルなんだ、ベアトリス」

「ビーでいいわ。みんな、そう呼んでいるの」

「いや、ビーというのはなんだかオールドミスのようだ。ベアトリスのほうがきれいだ」

ビーは思わず顔をしかめそうになった。「でも、私はきれいじゃないわ」

「美容の専門家たちに任せてみてはどうかな」セルギオスはすかさず助言した。

たちまちビーは警戒し、背筋を伸ばして顎を上げた。「私が話したかったのはその件よ」

セルギオスは彼女の胸のふくらみに引っ張られたシャツのボタンを盗み見た。あのシャツを引きちぎり、はち切れそうな胸をこの手で受け止めたいものだ。手の中におさまりきらないに違いない柔らかなふくらみを。下腹部がこわばるのを感じ、そんな妄想をした自分にセルギオスは驚いた。そして、僕はかなり欲求不満の状態にあるらしい、と結論づけた。僕は欲望を解放するのを我慢しすぎたようだ。ビーをそんな対象として見たくはない。

彼の葛藤など気づかず、ビーは深呼吸をしてからまくしたてた。「変身なんかしたくないわ。このままで満足なの。このままの私がご不満なら、結婚を取りやめればいいわ」

セルギオスはむっとした。知的なまなざしが不安げな彼女の顔に注がれる。「誰だって外見をよくするのにある程度は努力を払うべきだ。それくらい、理解できるはずだ。今の君は努力を放棄している」

侮辱のこもった批判に激怒し、ビーは細い肩をいからせた。「時代遅れの女性蔑視の基準に自分を合わせる気はさらさらないわ」

セルギオスはうなった。「妙なフェミニズムを持ち出すな。君はどこかおかしいんじゃないのか？どうして自分の外見を気にしないんだ？」

「どこもおかしくなんかないわ」ビーは激しく言い返した。「今の自分が性に合っているの」

「僕は不満だ。君の義務の一部として外見を整えてもらう」

「そんなの、あまりに立ち入った要求だわ……越権行為よ」ビーは断固として抵抗した。「私は家も、仕事も放棄したのよ……身なりくらいは自由にさせてもらうわ」

セルギオスの目に金色の炎がめらめらと燃えている。黒いまつげが伏せられると、その炎の激しさがいっそう際立った。「僕の妻になる以上、君の自由にはならない」

ビーは勢いよく顔を上げた。その拍子につややかな栗色《くり》の髪が肩にかかり、頬に朱が差した。「そんなの、ばかげてるわ」

「そうかな？　僕は君のほうがどうかしていると思う。女性は自分の見た目をよくしたいと思うのが普通だ。外見に興味を失うような何が君の身に起きたんだ？」セルギオスはずばりと切りこんだ。

ビーは返答に窮した。むきだしにされた神経に素手で触れられたような衝撃を受け、身動きもできない。セルギオスの質問はあまりに鋭く核心をついていた。彼女にももちろん、自分の外見に大いに関心を持ち、熱心に服を選んでいた時期があった。だが、その当時のことは思い出したくなかった。

「こんな話、したくないわ。あなたには何も関係ないでしょう」

「きちんと身なりを整えることは絶対に必要だ。公の席に君を同伴する場合もある。ひどい服を着て髪を振り乱してうろつくのは許されない」セルギオスは冷ややかに言い渡した。

怒りが出口を求める溶岩のようにビーの体内で煮えたぎった。「よくもそんな失礼なことが言えるものね」

「正直に言っているだけだ。こっちに来るんだ」セルギオスはビーの肘をつかんで壁にかかった鏡の前に連れていった。「何が見えるか言ってみたまえ」

くしゃくしゃの髪に着古したシャツ、そしてだぶだぶのジーンズを見せつけられ、ビーはセルギオスをたたきたくてたまらず、歯ぎしりをした。「あなたが何を言おうが何を望もうが、時間の無駄よ。変身なんてしない。絶対に！」

「だったら、結婚はなしだ」セルギオスは少しのためらいもなく言った。「〝変身〟は結婚の条件の一部だ。僕の要求に妥協はない」

怒りにぶるぶると震えて彼をにらみつけ、ビーはもううんざりと言わんばかりに勢いよく両手を振り下ろした。「それなら、結婚はなしで結構よ。ついでに、この場ではっきりさせておくことがあるわ」セルギオスはばかにしたように眉を上げた。「なんだ？」

「あなたにこんなふうに私を支配させないということよ！　髪型をこうしろとか、この服を着ろとか、口出しはさせないわ」ビーは怒り狂って言葉を投げつけた。グリーンの瞳が陽光に輝くエメラルドさながらにまばゆい光を放つ。「あなたは暴君そのものよ。私はそんな人を受け入れることはできない」

豊満な胸が大きくせり上がっていた。セルギオスはそのふくらみに目を奪われている自分に気づき、自己弁護を試みた。実は大きな胸に弱いタイプだったのか？　彼女の目の色は驚くほど鮮やかだ。実のところ、怒っているビーは今までより魅力的に見えた。だが、彼は反抗を許さなかった。「ベアトリス、選択権は君にある」セルギオスは冷たく突き放した。「この結婚に関しては、いつだって君に選択する権利があったんだ。もっとも、僕は君との結婚を考え直しはじめているが。君の言動があまりにめちゃくちゃだから」

容赦のない攻撃にさらされ、ビーは怒りをあおられた。「私がめちゃくちゃですって？　どうめちゃくちゃか、ちゃんと説明して」

冷酷な表情を浮かべ、セルギオスはドアを開けて彼女に出るように促した。「話は終わりだ」

ビーは怒りに任せて音をたてて乱暴に階段を上がった。これほど乱暴に足を踏み鳴らしたこともなければ怒りに我を忘れたこともなかった。こうまで私を激怒させるなんて、セルギオス・デモニデスはどうしようもない男だわ。地獄に落ちろ、よ。彼女は完全に頭に血がのぼっていた。いったい何様のつもりなの？　外見に興味を失うような何が私の身に起こったかですって？　勝手に人の行動や心理を分析するなんて、どういう了見かしら？

トラウマになる体験をしたのは事実だった。かつてひとりの男性に夢中になり、そして捨てられたときに。あの男――ジョンは私から頭の弱いブロンド娘に乗り換えた。その娘の外見や軽薄さに、私が揺るぎないと信じていた彼との関係をあざ笑われた気分だった。あれ以来、髪やネイルや化粧、それに服選びに毎回頭を悩ますのは、時間の無駄のように思えた。結局、ジョンは外見も内面も私と正反対の女性を選んだのだから。そのあとの数カ月間、ビーは、男性は女性の外見を重視するという常識を信じていた自分を責めた。見た目をよくするために努力を重ねてもジョンは去った。そして、ビーはやめた。見た目を飾るのに躍起になるのも、正真正銘の美女たちと競うのも。

いったい、なぜ私がセルギオス・デモニデスのために変身しなければならないの？　彼も、父に始まりジョンに終わった、これまで出会った男性たちと何も変わらなかった。献身的な娘で優秀な教師だとおだて、そういう長所を認めながらも、結局セルギオスも外見で判断し、彼が女性に要求する美の基準を満たさなければ私を捨てるという。まあ、そんなこと私には関係ないけれど。そうでしょう？

でも、お母さんには関係があるんじゃない？　ビーの頭の隅で諭すような声がした。彼女ははっと凍りついた。結婚をやめたら、母はおそらく家を失うだろう。ホテルチェーンの売却価格が思いどおりにならずに腹を立てている父は仕返しをたくらむに違いない。モンティ・ブレイクはそういう男だ。彼は自分の失敗と損をいつも他人のせいにする。私と母は格好の標的だ。

しかも、セルギオスと結婚しなければ、三人の子どもはまた大人から裏切られる羽目になる。私は三人にセルギオスと結婚すると宣言し、彼らと一緒にいると約束した。長男のパリスはあてにしていない様子だったが、私を信用するにはもっと確証が必要なのだろう。すでに妹のザラが三人を失望させている。心を開かせておきながら、別の男性と恋に落ちてセルギオスとの結婚をやめ、子どもたちの人生から姿を消した。私も同じように自分勝手なまねができる？　美容サロンや買い物に行くのがいやだからという理由で？

そんなつまらないことで出ていくのはやりすぎではないの？　でも、彼の洞察力が鋭すぎたのがいけないのよ。ビーは沈鬱な面持ちで思い返した。私の身に何があったのかと問いただされ、プライドが傷ついた。それでかっとなって我を忘れたのだ。鏡の前に連れていかれて自分が彼の目にどう映っているかを見せつけられたのは屈辱だった。情けないことに私もそこに映っていた自分の姿を嫌悪した。きちんと髪をカットし、服もなんとかしなければならないのは自分でもよくわかった。セルギオスのようにいつも完璧な装いの男性がなんの手入れもしない女性を受け入れるなんてありえない。

ビーは髪を直し、上がってきたときとは大違いの上品な足どりで階段を下りた。卵形の顔を反抗的にしかめ、ドアをノックしかけた。しかし、すぐに思い直してそのままセルギオスの仕事部屋に入った。

彼はデスクの前に座り、ノートパソコンに向かっていた。彼女を見やるセルギオスの顔には、何をしに来たと言わんばかりの険しい表情が浮かんでいた。

ビーはプライドをのみ下し、必死の思いで口を開いた。「わかったわ。してみるわ。その……変身とかいうのを」

「なぜ気が変わった？」セルギオスはそっけなく尋ねた。ビーが折れたのがわかっても、表情は厳しいままだ。

「母と……子どもたちのためよ」彼女は正直に答えた。「つまらないことで責任から逃れるわけにはいいかないわ」

彼は険しい口もとを皮肉っぽくゆがめた。「みんな、よくやることだが」

ビーは背筋を伸ばした。「私はしないわ」

セルギオスはパソコンを脇にどけ、立ち上がった。大柄な体にしては驚くほど俊敏な動きだった。「僕に逆らうな」彼はハスキーな声で警告した。「不愉快だ」

「でも、あなたの考えがいつも正しいとは限らないでしょう」

「もう少し控えめな態度というものがある」

セルギオスが飲み物を差し出した。ビーは受け取ったものの飲むつもりはなく、ワイングラスを手にして所在なげに立っていた。「控えめな態度がとれるか自信がないわ」

「できるようになる。僕と一緒に暮らせば」セルギオスの態度はひどくよそよそしくなっていた。


ビーはグラスを口に運んで極上のワインを味わいながら、初めてメリタのことを考えた。愛人といるときのセルギオスは態度が違うのかしら？　彼女の髪はブロンド、それともブルネット？　つき合いは長いの？　住んでいるのはどこ？　どれくらい頻繁に会っているの？　次々と質問が頭をよぎり、ビーは恥ずかしさに顔を赤らめた。私には関係ないし、彼が何をしようとどうでもいい。彼女は自らをきつく戒めた。私は彼の名目上の妻になるだけのこと、ほかには何もない。

「我々の結婚に乾杯しよう」セルギオスは物憂げな声でささやいた。

「それと、お互いをよりよく理解することに？」ビーが付け足した。

セルギオスは陰鬱なまなざしを向けた。「理解し合う必要はない。一緒にいる時間はそれほど長くはないからな。しばらくしたら、同じ屋根の下に住む必要さえなくなるだろう……」

その予告に体の芯まで冷え冷えとして、ビーはワインを飲み干してグラスをデスクに置いた。「では、失礼するわ」

階段をのぼりながら、どうしてこれほど孤独感を覚えるのだろう、とビーはいぶかった。

セルギオスがいつも一緒にいて私を支えてくれるとでも思っていたの？　彼は親としての責任さえ共有する気はないのかしら？　私とセルギオスとの関係の前提条件は彼の頭の中でしっかりと固まり、もはや変更がきかないように思える。彼は私を愛していないし、体の関係を持つことも望んでいない。要するに、子どもたちの母親という役割以外は必要としていないのだ。彼の妻という立場は本当にとんでもない仕事になりそうだわ……。

4

ビーは広々とした試着室から出て試着台に乗り、鏡張りの壁に全身を映した。

認めるのは癪《しゃく》に障るが、セルギオスの選択眼は驚くほどすばらしかった。

実はもうウエディングドレスを選んである——そう言われたとき、ビーは激しく彼と言い争った。

〝信じられない。何を考えてるの？〟彼女は電話口でなじった。〝女性はウエディングドレスを選ぶのを楽しみにしているのに〟

〝ミラノのファッションショーでそれを着たモデルがキャットウォークを歩いてくるのを見て、ぴんときたんだ。これは君のためにつくられたドレスだ、と〝セルギオスは自信たっぷりに言った。

ファッションショーにひとりで行くはずはない。誰と行ったのか問いただしたかったが、ビーはぐっとこらえた。この手のことは、知りすぎるより無知のほうが身のためだ。そうよ、知らなければ傷つくこともないのだから。彼女はなだめるように自分に言い聞かせた。とはいえ、別に傷ついたりしないけれど。私はベッドをともにする可能性のない男性に思いをつのらせたり、独占欲を発揮したりしない。でも、彼がベッドをともにすることも提案したのは一応は頭の隅に入れておこう。セックスのない生活に耐えられなくなったとき、ほかの誰かと浮気をするよりは彼を相手にしたほうがましだ。

改めて鏡の前でポーズをとると、セルギオスが選んだドレスはビーの豊かな胸の谷間と細いウエストを際立たせていた。襟もとはくれすぎているきらいはあるが、ぴったりしたボディスは確かに女らしい曲線を美しく見せている。女性との浮き名を流すうちに、セルギオスはファッションセンスも磨いたようだ。自分の外見がすでに大きく変容していることは、誰よりも本人が認めざるをえなかった。重くてやぼったい栗《くり》色の髪は肩までの長さの都会的な内巻きのレイヤードスタイルにカットされていた。化粧は頬骨にめりはりをつけ、顔だちの長所が生かされている。そして、マニキュアをした爪に至るまで全身が磨かれ、まさしく完璧な仕上がりだった。

皮肉にも、ビーは変身を強要されて侮辱を感じるどころか、美しくなった外見に気持ちが浮き立っていた。

三十六時間後、私は結婚式の日を迎える。ビーはゆっくりと深呼吸をして緊張をやわらげた。今日の午後には、婚前契約書にサインするための最後の打ち合わせがある。内容については、セルギオスが彼女の利益を保護するために雇った一流弁護士事務所を訪れたときにすでに事細かに説明されていた。とりわけ、母の生活を長期にわたって保証する件に関しては。文句をつけるところはただの一箇所もなかった。それでも、ビーは万一結婚が破綻した際の子どもたちへの面会権を要求した。離婚後のビー自身の待遇より、セルギオスがその要求を受け入れるかどうかのほうが気がかりだった。一緒に過ごす時間が長くなるにつれ、子どもたちの実の母親のような気持ちになっていた。

グレーのストライプのワンピースに軽いジャケットを羽織ったエレガントな姿でビーがショールームを出ると、すぐさまボディガードがつき、一分と歩かない路上にリムジンが待機していた。

甘やかされることに慣れてしまいそうだわ。豪華な弁護士事務所の前に車を横づけされ、ビーは後ろめたさを覚えた。まだ三週間しかたっていないのに、雨の中を歩くことやバスを待つ列に並ぶことをもう忘れかけていた。

受付の前で待っていたビーは、見知った顔に気づいて驚愕《きょうがく》した。心臓が早鐘を打ちだし、呆然《ぼうぜん》とその人物を見た。かつての恋人のジョン・タウンゼントだった。最後に会ってから三年以上たっていた。その彼がしゃれたビジネススーツ姿で三メートルほど離れたところにいる。飛び抜けて長身というわけではないが、ビーよりは高く、すらりとした彼は魅力的だった。ビーは動揺を抑えながら、彼はここで働いているのだろうと推測した。出会ったころ、ジョンは弁護士資格を取得したばかりだった。

ジョンがこちらを向いて彼女に気づくのとほぼ同時に、ビーは受付の女性にミスター・スマイスのオフィスに入るよう案内された。ジョンはブルーの目を見開き、顔をしかめてロビーを横切ってきた。

「ビーか？」目の前に彼女がいることが信じられないというように、彼は問いかけた。

「ジョン……ごめんなさい、約束があるの」ビーは立ち上がりながら言った。

「とてもすてきになったね」ジョンの口調は温かかった。

「ありがとう」ほほ笑もうとしたが、こわばった唇の端が引きつっただけだった。彼がもたらした心の傷は今も忘れていない。ビーは平静を保つのが精いっぱいだった。「この事務所で働いているの?」

「ああ、去年からだ。そっちの打ち合わせが終わったあとで話そう」

彼の誘いに当惑して愛想笑いを浮かべた顔を陰らせながら、ビーは落ち着かない気分でホルストン・スマイスのオフィスに入った。

いったい何を話そうというの? 三年前ならともかく、捨てたのは彼のほうよ。なつかしく話せるような思い出なんてあるかしら? まさか。別れてからは共通の友人とさえつき合いがなくなったのに。

それに彼は既婚者だ。少なくとも人からはそう聞いた。子どももいるかもしれない。もっとも、交際していた当時は、子どもが欲しいのかどうか自分でもよくわからないと言っていたが。自分が結婚に向いているかどうかについても彼は懐疑的だった。ジェンナに会うまでは。ビーに取って代わった陽気なブロンド美人は高等裁判所の判事の娘だった。若く野心的なやり手の弁護士にとっては願ってもないコネね。ビーは皮肉な思いで振り返った。

彼女がミスター・スマイスと婚前契約書について再確認するあいだ、何人ものスタッフが愛想笑いを浮かべて同席していた。最初に事務所を訪れたときに、ビーは大富豪の未来の妻である自分は上得意であり、彼らが懸命に機嫌をとる対象になったことに気づいた。離婚後の子どもたちとの面会権が契約に追加されていることを確かめ、彼女はほっと肩の力を抜いた。頭の中では自分の行動をよく考えるようにと警鐘が鳴り響いているにもかかわらず、ビーは署名しながらさっそく考えていた。母の理学療法の予約がいつとれるかを。

ミスター・スマイスはエレベーターまでビーを見送った。ドアが閉まる寸前にビーとボディガードが乗るエレベーターにジョンが飛びこんできた。

「すぐそこにワインバーがあるんだ」ジョンは軽い調子で言った。

ビーは眉根を寄せた。「話すことなんてあるかしら?」

「ボディガードにぴったりくっついていられたら、力ずくで連れていくわけにはいかないね」ジョンは昔のようににっこり笑って冗談を口にした。

「この方はお知り合いですか、ミス・ブレイク?」ボディガードのトムが、うさんくさそうな目でジョンを見やった。

ぎくりとするジョンの顔を見て、ビーは吹き出しそうになった。「ええ、大丈夫、知り合いよ」彼女は請け合ってから、ジョンに言った。「あまり長くはいられないわよ」

好奇心に駆られて誘っているのだろう。ビーはそう結論づけた。ジョンとつき合っていたころの彼女は平凡な教育実習生だった。父親は金持ちでも、彼女自身の生活には余裕がなく、モンティ・ブレイクが開く豪華な催しにたまに家族として招待される以外、彼女の暮らしぶりはいたって質素だった。ジョンは、ビーがヨーロッパ一裕福な男と結婚することを知り、そこに至る経緯を知りたいだけに違いない。本当の事情を話しても信じる人はあまりいないだろうと気づき、ビーは思わず皮肉な笑みを浮かべそうになった。

バーに入ると、トムは近くの席に陣取り、電話をかけはじめた。

ジョンが飲み物を注文し、軽い世間話を始めた。

ビーは、かつて彼のほほ笑みに胸が高鳴ったことを思い出し、急いでその記憶を追い払った。

「僕は二カ月前にジェンナと離婚したんだ」ジョンは自嘲気味に明かした。

「それは残念だったわね」ビーはなぜか落ち着かない気分になった。

「ジェンナとのことは若さゆえの過ちだった。単にのぼせあがっていただけなんだ」ジョンはいかにも悲しげな顔つきをしてみせた。「君と別れたことを後悔して――」

「気にしないで。もうなんとも思っていないから」ビーは遮った。ブルーの瞳にじっと見つめられて少しばかり居心地が悪い。

「君は本当にいい人だな。さて、そろそろ君をこうして誘った本題に入ろうと思う。もちろん、僕を計算高いのなんのと非難してくれてかまわない」ジョンは冗談を言い、テーブルに身を乗り出してビーに小冊子を差し出した。「僕が主催する慈善事業を後援してもらえるとうれしい。有意義な活動を数多く手がけているが、そのための支援が必要なんだ」

ビーは意表をつかれた。彼女の記憶するジョンは出世の階段をのぼるのに夢中で、とても慈善事業の資金集めに時間を費やすとは思えなかった。齢《よわい》を重ねて成熟したのだろうと、ビーは感心した。

ジョンは障害を持つ子どもたちを支援する慈善団体の理事をしているという。ビーも学生のころ、同じような団体でボランティア活動に従事したことがあった。「直接お役に立てることはあまりないと思うわ。結婚式のあとはギリシアに住むことになると思うから」

「セルギオス・デモニデスの妻である君の名前があれば、それだけで僕の慈善団体は知名度が上がるんだ」ジョンは熱心に訴えた。「たまに公式のイベントに顔を出してくれたら、もっとありがたい」

ジョンが個人的な理由から会いたがったのではないと知って、ビーはほっとした。彼がセルギオスとの結婚に関する質問を控えているのもありがたかった。

別れ際、背中を向けかけたビーの手をジョンがすばやくつかんだ。

「さっき言ったことは本心だ」ジョンは小声で強調した。「僕はとてつもなく大きな間違いを犯した。君を失ったことをずっと悔やんで生きてきた」

ビーは即座に手を引き抜いた。「今さら遅いわ」

「デモニデスと幸せになるのを願っているよ」

だが、顔つきを見ればジョンがそうなると思っていないことは明らかだった。

その最後のやり取りのせいでビーは不快な気分で帰宅し、子どもたちと夕食をとった。セルギオスは二週間以上も世界各地をジェット機で飛びまわっていて、彼との接触は電話のみだった。

食事のあと、ビーはパリスの宿題を見てやり、ミロとエレニをお風呂に入れて寝かしつけた。エレニは一カ月後に聴力改善のために両耳に管を挿入する手術を受けることになっていた。パリスに関しては、担任と話して彼が学校で友だちをつくれないでいることを知り、ビーはクラスメイトを何人か家に招いて一緒に遊ばせ、事態の打開を試みた。パリスは少しずつ自信をつけ、それにつれてビーにも心を開いていった。

ビーがベッドに入ろうとしていたとき、東京にいるセルギオスから電話があった。「ワインバーで会った男は誰だ?」

ビーは思わず身構えた。「なるほど、トムはスパイもするのね」

「ベアトリス……」セルギオスはいらだちのこもった声を絞り出した。何も知らない獲物に警告のうなり声をあげるライオンのように。

「大学時代の単なる旧友よ」一瞬迷ったものの、ビーはそれ以上は言わないことにした。彼に説明する義理はない。

「僕との結婚が決まったとなれば、昔の友人がぞろぞろ現れ、すり寄ってもくる」セルギオスは皮肉たっぷりに忠告した。

「失礼ね。彼は子どものための慈善事業に参加してほしいと依頼してきただけよ。何か問題があるかしら？」

「その男が君の手を握ったのもそのためだと？」

ビーは真っ赤になった。「確かに彼は私の手をつかんだわ。でも、それがなんだというの！」

「人目のあるところではもっと目立たないようにしてほしいものだ」

ビーの胸に怒りがこみあげた。「あなたって、常に相手を言い負かさないと気がすまない人なのね」

「そして常に僕が正しいんだよ、大切な人《ラトリア・ムー》」セルギオスは彼女の非難にも動じず、穏やかに応じた。

その晩、ビーは豪華なベッドに横たわり、ジョンを主役にして〝もしもゲーム〟を試みた。彼女も人間なので、〝もしも〟魅力的な元恋人と出会ったのがセルギオスと結婚する直前でなかったらどうなっていたかしら？　ビーは想像せずにはいられなかった。きっと何も起こらなかったわね。彼女は悲しい思いで結論づけた。セルギオスに変身を強制されなければ、私は地味で平凡な女のままで、ジョンは見向きもしなかっただろう。だいたい、セルギオスのほうがジョンよりハンサムだし、個性的で、比べものにならないほど魅力的だ……。

今の考えはいったいどこからわいてきたの？　ビーはとまどった。確かにセルギオスは並外れたハンサムだけれど、私にとってはかつてのジョンのような存在ではないし、これからもそうなることはない。

〝もしもゲーム〟にふけるには私は分別がありすぎ

るようだ。それに、当時ジョンが本当に私を愛していたら、介護の必要な母親を理由に捨てたりしないはずだとずっと前に結論を出していた。ジョンの拒絶は、私が何より大切にしていた家族という夢を打ち砕いたのだから。

「ずいぶんロマンチックなドレスなのね」トーニーは異母姉の姿に好奇の視線を浴びせながら言った。体にぴったりして、スカートのラインが流れるようなレースのドレスは女らしさにあふれ、地味なビーの好みとは違っているように思えたからだ。「それに、便宜上の結婚をしようという男性にしては気配りがきいた選択だわ」

ビーは頬を染めた。もうひとりの異母妹のザラが、末の妹にすべての事情を話したことが恨めしかった。トーニーはビーが愛してもいない男性と結婚することに大反対した。

ザラも式に来てくれれば、とビーは思った。セルギオスとの縁談を袖にしたばつの悪さからか、ザラは妊娠を口実に欠席の返事をよこしていた。「セルギオスはちっともロマンチックじゃないし、私も違うわ」

「子どもたちがかわいいのは認めるわ」トーニーは考えこむように赤銅色の髪を揺らして首をかしげ、ブルーの目を曇らせた。「それに、セルギオスは見た目は最高にセクシーだけれど、スリルを好む大胆な女性向きよ。お姉さんはこれ以上ないほど普通だもの」

「あなたが知らないだけかもよ」ビーはブーケを持ち上げて反論した。

「私が疑り深い性格だったら、こんなことをするのはお母さんのために違いないと思っていたところよ」トーニーは顔をしかめて率直に言い、勘の鋭いところを見せた。「お姉さんは母親のためならなんでもするし、あのお母さんは本当にすてきな方だもの」

「そうでしょう？　それに母はこの結婚をとても喜んでくれているの」ビーは妹を見つめた。「だから母に妙な憶測を吹きこんで、お祝い気分を台なしにしないでちょうだい」

「正しい推理かもよ」トーニーは小声でつぶやいた。そう簡単には黙らせることはできない。「とにかく一緒に住んでひどい人だとわかったら、すぐに離婚するって約束して」

ビーは即座にうなずいて妹の不安をやわらげ、高いヒールを履いた足もとに気をつけて慎重に階段を下りた。母の希望で独身最後の夜を一緒に過ごしたビーは母の家にいた。トーニーには花嫁付添人を頼まなかった。結婚式をそこまで嘘《うそ》で固めたくはなかったからだ。

「でも、お姉さんのことだから、かわいい子どもたちを残していくことになったら離婚なんてしないんでしょうね」トーニーはため息をついた。「きっとギリシア神話の〝貞節なペネロペ〟みたいに一生束縛されるわよ。お姉さんがいかにおひとよしかを知ったら、彼は徹底的につけ入るに違いないわ」

ビーはセルギオスの言いなりになるつもりはなかった。彼がおひとよしの私を嬉々《きき》として踏みつけにし、振り返りもせずに去るのはわかっている。彼はタフな人間だ。だから、私はそれ以上にタフにならなければならない。バージンロードのスタート地点で不機嫌な父が娘に腕を差し出し、無理に愛想笑いを浮かべたとき、ビーは改めてそう思った。モンティ・ブレイクはまさしくセルギオスに踏みつけにされ、懐だけでなく、自尊心もまだその後遺症に苦しんでいる。にもかかわらず、結婚式で父親の役目を果たそうとしていること自体、セルギオスの恐ろしい影響力を如実に物語っていた。

セルギオスは祭壇の前でじれったそうに振り向いた。近づいてくる花嫁を観察する彼の眉間にしわが刻まれていく。長かった髪が肩の長さで切られている。まったくばかなことを。だが、その点を除くと、ベアトリスは……なまめかしい。陰鬱な目を彼女の官能的な唇から相変わらずすばらしい体の線に走らせつつ、セルギオスはしばらく考えこんだ。

男というのは、ある年齢に達すると大きな胸を好むようになるのだろうか？　もっとも、僕はまだ三十二歳にすぎないが。とはいえ、あの深い襟ぐりに並ぶなめらかな二つのふくらみを見ると、我を忘れてしまう。ミラノのキャットウォークで見たモデルは胸が平らに近く、見るべきものがなかった。あのモデルの代わりにベアトリスが出ていたら、喝采を浴びていただろう。そんなふうに思っている自分に驚き、セルギオスは顔をしかめた。

にらみつける花婿に臆してなるものかと、ビーは顎をぐいと上げた。相当に口やかましい女性でも、最高級のモーニングスーツを着たセルギオスは息をのむほどハンサムだと認めるだろう。彼女の体を走る険しい目と視線が合うや、ビーはめまいがして息ができなくなった。

ビーの通う教会の牧師はとりとめなく長い話をしがちだったが、セルギオスに〝早くしてくれ〟とささやかれると、うなずいた。花婿のぶしつけな干渉に恥じ入り、ビーは髪の生え際まで赤くなった。この人は教会でのマナーさえ知らないの？　人間、何事も学ぶに遅いということはないけれど、彼は私からは何も教わりたがらないでしょうね。

ほどなくセルギオスが彼女の指に無造作に指輪を滑らせた。別に問題はなかったが、ビーはどこか痛めたかのように指をさすった。

「神聖な場でなんて失礼な態度をとるの」ビーは通路を戻りながら非難した。

彼は片方の眉をつり上げた。「なんだって？」

「聞こえたでしょう。我慢してマナーを守らなければならないときもあるの。結婚式はそういう場のひとつよ」

新郎新婦を包みこむぴりぴりした沈黙の中、ミロが子守《ナニー》の膝から滑り下り、ビーに駆け寄ってスカートにしがみついた。ビーは巻き毛をぽんぽんとたたいてなだめ、手をつないだ。

「同じ話の繰り返しだったじゃないか」セルギオスは小声で吐き出すように言ったが、信頼しきってビーを見上げる子どもの顔を見て、彼女の差し出がましい物言いへの怒りをこらえた。

二週間あまりの海外出張を終えて戻ると、ティモンの遺児たちは明らかにいいほうに変化していた。どの子もすっかり落ち着きを見せている。ミロは前ほど必死になって注意を引こうとしなくなったし、いちばん下の女の子には笑みが見られるようになった。パリスでさえときどき恥ずかしそうに話しかけてくる。

セルギオスには親友と呼べるような者はいなかったが、強いて言えば、ティモンがいちばんそれに近かった。一見、堅実で物静かなティモンは、攻撃的で活発なセルギオスと共通点がないように思えた。それでも二人のあいだには確かにきずながあり、セルギオスは自分の名誉にかけてティモンの子どもたちの面倒を見るつもりでいた。幸い、ベアトリスは子どもたちの世話にかけては魔法めいた能力を持っているようだ。

教会から出た二人をおびただしいカメラが迎えた。マスコミの注目に慣れていないビーがおびえたように目を見開くのを見て、セルギオスはすぐさま行動に出た。彼はすばやく片手を彼女の背中に当てて抱き寄せ、唇を重ねた。事態を改善するにはそうするしかなかった。

初めて彼に触れられたショックでビーは息が止まり、膝ががくがくした。まったくの不意をつかれ、さまざまな感覚が官能の洪水となって襲いかかってくる。高級コロンの魅惑的な香り、押しつけられる引き締まった体の圧倒的なパワー、重ねられたセクシーな唇……。内なる声が彼から離れるよう命じているのに、体はまったく違う反応を示していた。

　火のように激しい唇の味わいは癖になりそうだった。もっと欲しい。驚くほどの欲望の強さに体が震える。セルギオスのむきだしの情熱がビーの防御壁を打ち砕き、彼女の体内を生々しい欲望でいっぱいにした。感じやすい唇の内側を舌で探られ、脚の付け根に熱いものがたまっていく。レースのブラジャーの下では息苦しいほどに胸が張りつめた。

「こんなに甘いとは思わなかったよ、僕の奥さん《イネカ・ムー》」

ささやく声は乱れ、体を離したセルギオスの目は陰りを帯びていた。

　彼の広い肩から両手を引きはがし、ビーは呆然として振り返り、カメラに向かってポーズをとった。頭がくらくらする。セルギオスに目覚めさせられた怪物めいた渇望を懸命に封じこめながらも、体は言うことを聞かず悶々《もんもん》としていた。

　生まれてから一度もあんなふうに感じたことはなかった。ジョンに対してさえも。まるで自分でもその存在を知らなかった何かをセルギオスに呼び覚まされた気がする。完全に自分を見失って大恥をかいた。まったくなんてことかしら、彼にしがみつくなんて。私はふしだらな女のように胸を押しつけ、さもうれしそうにキスを返した。ビーはセルギオスの顔をまともに見ることができず、恥ずかしくて死にたい気分だった。彼はマスコミへのサービスとして形ばかりのキスをしようとしただけだ。なのに、私はセックスに飢えているかのように夢中になってしまった……。

一方、セルギオスは懸命につくった笑顔の陰で歯を食いしばり、なんとか興奮を抑えこもうとしていた。妻とベッドをともにすれば自由を損なわれ、まともな男なら大事にしてやまない多様な選択肢が奪われるんだぞ。女はひと皮むけばみな同じ――しばしば呪文のように唱えられるその言葉を、セルギオスは何度も繰り返した。ベアトリスとベッドをともにするつもりはないし、その必要もない。自分の頭と家庭に混乱を招くだけだ。結婚のルールを破れば、犠牲が生じる。なぜそんな危険をわざわざ冒すんだ？　僕が間違っていなければ、そして女性に関する限り僕が間違うことはまずないが、愛人のところへ行けば、愛人はありとあらゆる技巧を駆使して僕を喜ばせようとする。面倒な駆け引きなしに性的な満足が得られるのだ。肝心なのはそれだろう？

披露宴は、厳重な警備の中、名高いホテルで開かれた。

「ザラは本当にばかね」ザラの母のイングリッド・ブレイクがビーに向かって冷ややかに言った。「今日あなたがいる場所にはあの子が立っていたはずなのに」

険しい表情を浮かべ、セルギオスが花嫁のこわばった背中に腕をまわした。「比べものになりません。ベアトリスは……特別な女性です」彼はハスキーな声でささやいた。

思いがけない賞賛にビーは頬を染めたが、ザラをけなされた恥ずかしさに継母がそばを離れるなり夫にささやいた。「イングリッドの口の悪さは相当だけれど、あれくらい自分で切り抜けたわ」

「妻が侮辱されたら黙ってはいない」セルギオスはぴしゃりと言った。「もっとも、僕を怒らせるのは相当に頭の悪い人間だが」

「確かにイングリッドはひねくれたところがあるけれど、父の今の奥さんで、家族のひとりなのよ」ビーは穏やかに諭した。

心配そうに見やる彼女の目を見て、セルギオスは声をあげて笑った。「僕からみんなを守ろうとするのは無理だ」

生き生きした力強い笑い声に、ビーは寒気を感じた。彼が世間でどれほどの絶対的な力を持ち、本人がそれを当然のことのように見なしているか、思い知らされた気がしたからだ。結婚式などいっさいかかわりたくないと拒絶してもおかしくないのにバージンロードを歩いた父の姿が脳裏をよぎる。ビーはモンティ・ブレイクがセルギオスに屈したことに動揺し、真の支配力のすごさを痛感した。万が一、刃向かったりしたら、夫はとてつもなく恐ろしい敵となるだろう。

「今日はおじいさまもお見えになると思っていたけれど？」ビーが尋ねた。

「気管支炎にかかって医者に家にいるように言われたようだ。明日ギリシアに着いたら会えるよ。無理に長旅をさせたくなかったんでね」

披露宴はさほど盛大ではなかった。少人数にすることでプライバシーが保たれる――それは、公私のけじめを厳密につけるセルギオスの信条にかなっていた。だが、招待客こそ五十人程度だが、セルギオス側の客はみなビジネス界の大物ばかりだった。彼の祖父には息子が二人しかおらず、二人とも比較的若くして亡くなったので、直系の親族は少なかった。

「おじいさまは跡継ぎを探していて、それであなたを見つけだしたの？」

「いや、当時はティモンが跡継ぎだった。社会福祉局が僕とネクタリオスのつながりに気づき、祖父に連絡を取ったんだ。それまで祖父は僕の存在さえ知らなかった。彼が会いに来たとき、僕は十七歳だった。祖父は僕にまともな教育を提供してくれた」セルギオスは硬い口調で打ち明けた。

ビーは彼の生い立ちについてもっと知りたかったが、セルギオスは過去について触れられたくなさそうで、しかも突っこんで尋ねるのにふさわしい時と場所でもなかった。

みんなの注目の的となり、ビーはつまむ程度の食事しかできなかった。美しい女性がセルギオスに物欲しげな視線を向けるのを見て、自分がその美女を引っかかんばかりに指を曲げているのにビーは気づいた。あのいまいましいキスのせいだわ。あれで何もかも変わってしまった。彼に対する私の見方も。

ビーは憂鬱になった。

ただのキスだけで、あんなふうに熱くなり、飢えを覚えるなんて。ビーは自分はセックスに関心が薄いと思っていた。ジョンとつき合っているときも、体に触れさせせないようにするのは決して難しくなかった。体を許す前に本気だというあかしを見せてほしかった。性的な親密さは単なる快楽ではなく、それ以上のものであってほしかった。今になって思えば、ジョンがあまり積極的でなく、ビーと深入りするのを望んでいないことを、なんとなく察していたのかもしれない。

「いったいこれはいつ終わるんだ」セルギオスはいらいらとテーブルを指でたたき、不機嫌につぶやいた。さっきから何度も携帯電話をチェックしている。

「もうすぐよ」ビーは落ち着き払って応じた。教会にいるときから、この結婚式の何もかもが彼にとっては苦痛であることに気づいていた。過去のつらい思い出がよみがえるのかしら？　最初の結婚式は彼にとって愛と喜びに満ちたものだったの？　ビーは考えずにはいられなかった。でも、セルギオスは八年前に死んだ妻と生まれてこなかった子どもの墓に自分の心も葬るような人には思えない。現実主義者で、前向きで、さらに言えば女性とのつき合いを楽しむタイプのように思える。

「さっさとダンスを終わらせてしまおう」セルギオスはいきなり立ち上がり、妻に手を差し伸べた。

「情熱的なお誘い、ありがとう」ビーは茶化し、うれしそうに笑う母に笑みを返した。

エミリア・ブレイクは娘の結婚を喜んでいた。セルギオスが結婚式の前に母を訪ねただけでなく、じっくりと腰を落ち着けて母と話す努力をしてくれたことに、ビーは心から感謝していた。エミリアは義理の息子を太陽や月さながらに崇拝していた。その思いをくつがえすようなまねはしたくない。

この結婚は絶対に成功させなくてはならない。ビーは心に誓った。母がギリシアで住むようになれば、セルギオスとの関係は常に母の目に触れることになる。だから、最初からこの結婚がうまくいくように仕向けなければならない。何事も現実的に対処し、穏やかで辛抱強くならなくては。なにしろあとの二つは夫にはあてはまらないのだから。

セルギオスは抜群のリズム感と力強さでステップを踏んだ。ビーの前向きな考えはたちまち吹き飛び、硬くとがった胸の頂と、仏頂面で彼女を見つめる金褐色に燃える瞳だけが意識された。みぞおちのあたりに熱い渦が生じている。下腹部に欲望の鋭い鉤爪《かぎづめ》が食いこむ。

「すごいな《テオス》……みごとな動きだ」セルギオスはビーの体をまわしながら、彼女のエネルギーと音楽に合わせて振るヒップの刺激的な動きをかすれた声で賞賛した。

「何年もダンスのクラスに通っていたんですもの、当然だわ」

そこから宴の進行が加速した。テーブルからテーブルへ、あちらのグループからこちらのグループへと二人はすべての客に挨拶をしてまわった。ビーはセルギオスのそつのなさに感心した。人の体にべたべたと触れるタイプには見えなかったが、来客に挨拶するあいだずっと彼は腕や手を彼女のどこかに添えていた。飽きてきた子どもたちはナニーが家に連れて帰った。

それから一時間ほどしてセルギオスは自分たちもそろそろ引き上げていいと判断し、待っていたリムジンに乗って宴をあとにした。

ビーはまつげの下から夫を盗み見た。式が終わってほっとしているのがわかる。「結婚式自体が嫌いなの、それとも、自分の結婚式がいやなの？」

「結婚式と名のつくものはすべて嫌いだ」セルギオスは端整な口もとをこわばらせて認めた。「星みたいにきらきらする瞳や非現実的な期待には耐えられない」

「それは希望というものよ。ハッピーエンドに憧れるのは少しも悪いことではないでしょう」

セルギオスが肩をすくめた。彼なりに遠慮がちに不賛成を表明しているのだろう。

彼は革のシートにもたれた。緊張を解いたたくましい脚がすらりと伸びている。「君もハッピーエンドに憧れるタイプか？」

「いけない？」ビーはさりげなく問い返した。

「言っておくが、僕とのハッピーエンドは望めないよ」セルギオスは不機嫌そうに忠告した。「僕はそんなものが存在するとは思っていない」

それは間違いないわね。ビーは力なく認めた。

リムジンは新居となったロンドンの家の前に止まった。二人は豪華な階段を一緒にのぼり、上に着くと別々の方向に向かった。そのとき、不意にセルギオスが振り返り、淡々と言った。

「着替えたら出かける。明日、空港で会おう」

なんでもないことのように言い、セルギオスは彼の寝室のある廊下をさっさと進み、ビーの視界から消えた。ドアがばたんと音をたてて閉まる。彼女は言葉を失い、蒼白《そうはく》になった。身をかがめるほどみぞおちを強く殴られたかのように、息もろくにできなかった。今日は二人の結婚式の日、そして初夜だ。なのに、夫が新妻を残して出かけるなんて。

でも、それのどこがおかしいの？　これは普通の結婚じゃないのよ。ビーは頑《かたく》なに自分に言い聞かせた。彼に私と一緒にいる義務はない。ほかの女性に会いに行くのかしら？　そう考えただけでビリーの胸は毒矢でも刺さったように痛んだ。その理由はわからなくても、つらく、拒絶された気持ちがした。

メイドに晴れ着を脱ぐのを手伝ってもらうのは恥ずかしかったが、どのみちセルギオスに頼むことはなかったのだ。たとえ彼がいたとしても。それでも、自分でも説明のつかない感情に打ちのめされ、ビーは花嫁としての高揚した気分をすっかり洗い流そうとバスルームに向かった。セルギオスは私の夫ではない。本当の意味での。なのに、どうしてこんな気持ちになるの？

もしかしたら、メリタはロンドンに住んでいるのかもしれない。それとも、前もって呼び寄せているとか？　セルギオスが会いに行ったのはほかの女性という可能性もある。今夜、彼がほかの女性とベッドをともにするものと仮定しての話だけれど。ビーの腹部に力がこもり、汗で濡《ぬ》れた肌がじっとりと冷たくなった。この結婚の空虚さについて今さら体裁を繕ったり、気づかないふりをしたりしても無意味だ。ビーは投げやりな気持ちで思った。セルギオスは最初からほかの女性と定期的に性的な関係を持つ自由を要求した。マスコミの報道と彼が若いころにつき合った女性たちの赤裸々な告白によれば、セルギオスは非常に欲望の強い男性らしい。

だいいち、私に不平を言う権利があるの？　セルギオスは宣言したとおりの行動をとったにすぎない。それを非難したら、親密な感情を抱くことにつながり、私がルールを破ったことになる。

いいかげん自分をごまかすのはやめなさい。ビーはいらだたしげに自らを戒めた。普通に考えれば、セルギオスほどのハンサムで裕福な男性が、私みたいな平凡な女に惹《ひ》かれるわけがない。彼の最初の妻のクリスタがザラと同じタイプの華奢《きゃしゃ》で魅力的なブロンド美人だったことを忘れてはいけない。私がセルギオスを夫にできたのは、結婚しても彼の自由を認め、彼のいとこの遺児たちの母親となることに同意したからで、それ以外の何ものでもない。私はその現実の中で生きていくしかない。

そのときノックの音がして、ビーはドアに向かって尋ねた。「どなた?」

すると、ドアが開き、スーパーヒーローのパジャマを着たパリスが顔をのぞかせた。片腕にアルバムをしっかりと抱えこんでいる。「セルギオスおじさんが出かけるのが見えたんだ。僕の写真、見せてあげようか?」

「ええ、ぜひ見せて」ビーは朗らかに答えた。両親と赤ん坊だった自分の写真を見るのがパリスの生活の重要な習慣になっていた。少年は写っているのが誰でいつごろ撮られたものか解説した。ビーは感心したように相づちを打ったりしながら、いろいろと質問を挟んだ。そうすることでパリスの悲しみが癒されていく気がした。今夜は決して忘れられない結婚初夜になるわね。

「ぐっすり眠れるように温かい飲み物をつくってあげましょうか?」

しばらくしてビーはベッドに腰かけ、パリスの小さな体にしっかりと腕をまわした。片手にココアのマグカップを持ちながら彼女が涙をこらえているのを、写真の解説をすることに夢中な幼い男の子が気づくはずもなかった。

5

ギリシアにはジェイニーとカレンの二人の子守《ナニー》を同行することになった。ビーは女性客室乗務員に豪華な自家用ジェット機の内部を丁重に案内され、子どもたちとナニーが主客室とは区切られた後部の部屋に落ち着いたのを確認した。そこには長時間に及ぶフライトの退屈さを紛らすおもちゃや絵本やＤＶＤが山ほど持ちこまれている。二人の若いナニーは豪華な機内の様子にはしゃいでいた。

もっと気持ちが明るければ、ビーもこの贅沢《ぜいたく》な乗り物にうっとりしていただろう。だが、彼女には悩み事が多すぎた。今朝、よく眠れないまま食卓についたビーは、ハリウッド・スターも顔負けの演技力で明るく振る舞い、少しでも子どもたちの緊張をほぐそうと努めた。

生まれて数年のうちに大きな変化に対処することを強いられてきた子どもたちは、また環境が変わることに不安を抱いていた。それでもパリスはすぐに客室乗務員にギリシア語で挨拶し、ミロも本来の母国語である言語を思い出すかのように小首をかしげてみせた。元の家があったアテネではないが、生まれた国に帰るのであり、亡き両親と何度も訪れたオレストス島のセルギオスの家にはなじみがあるのかもしれない。

みんながくつろいだのを見届け、ビーは主客室に戻って座席につき、たいして興味もない雑誌をぱらぱらとめくった。グリーンのシルクのカーディガンのアンサンブルに白い麻のスラックスという装いは見た目もさわやかで快適だった。けれど、外から話し声が聞こえてくると、ビーの手がかすかに震え、持っていた雑誌に爪が食いこんだ。タラップをのぼる足音に、体が硬直して心臓が早鐘を打ちだす。セルギオスは私の心を二つに引き裂いている、とビーはいらだった。彼女の半分は彼と早く会いたくてたまらないのに、もう半分は二度と会いたくないと思っていた。

「カリメーラ――おはよう、ベアトリス」

長身で肌は日に焼け、地上に舞い降りた天使のように端整な顔だちのセルギオスは、外見は完璧でも内面はとんでもなく複雑な男性だ。ビーは彼のほうに顔を向けつつ、まっすぐ目が合わないよう努めた。礼儀正しい笑みを浮かべ、かろうじて聞き取れる声で挨拶を返す。どうして私が恥ずかしがる必要があるの？　まったく、どうかしてるわ。自分の過剰反応に腹が立ち、思わず顔を上げたとたん、ビーの目は警戒の色が浮かぶ金色の目ともろに視線がぶつかった。そうだと思ったわ。賢明なセルギオスは私が何か不適切な言動をするのを待ち構えているのだ。ゆうべ彼が外泊したことに対して間違った態度をとるのを。

ビーは、無理やり笑みを顔に張りつけ、彼の予想どおりには反応するまいと雑誌に注意を戻した。

その後もずっとその態度を通した。離陸の際も、子どもたちの様子を見に行くときも、昼食時も、フライトのあいだは平然としていた。

セルギオスは彼女の落ち着き払った横顔に疑わしげな視線を向けた。珍しく彼女は不穏当な発言をしない。ひと言も。その事実を自分が喜ぶどころか、侮辱されたような気持ちになっていることが、我ながら不思議だった。女性に無視されるのは不愉快だったし、そもそもそんな経験はなかった。とはいえ、ベアトリスの態度が淑女らしく気品があるのを好ましく感じた。それで彼はふと思い出し、ポケットを探って宝石箱を取り出した。

「君にだ」セルギオスはさりげなく言い、小さな箱を二人のあいだのテーブルの上に放った。

　ビーは奥歯を噛《か》みしめ、何か汚いものでも触るように箱を取り上げて蓋を開けた。そしてつかの間、みごとなダイヤモンドのひとつ石の指輪を眺め、蓋を閉めて脇に置いた。「ありがとう」感謝の念がみじんも感じられない、硬い低い声だった。

　勘の鋭いセルギオスに、ビーの態度が彼に対するある種の反発と罰であることがわからないわけがなかった。自分の知らない奥深い部分を新妻が見せていることに、セルギオスは警戒を強めた。いらだちがこみあげる。女というのはどうしてこうなんだ？　なぜ誠実そうなふりをして、平気で契約を踏みにじる？　ビーが頑固で堅苦しく、意志が強いのは承知していたが、さほど大きな問題になるとは思っていなかったし、自分なりの基準で二人の関係を固めるためにできることはしたつもりだった。

「はめないのか？」セルギオスはぶっきらぼうに促した。

　ビーはまた箱を開け、指輪を取り出して右手の薬指に乱暴にねじこんだ。ぞんざいで感謝のかけらもない態度は先ほどよりさらに挑戦的だった。

　再び彼女は雑誌に注意を戻した。怒りのあまり自分が何をするかわからないので、口を開くこともセルギオスのほうを見ることもできなかった。彼を見た瞬間に、自分とは比べものにならないほどセクシーで魅力的な愛人とベッドの上でからみ合う光景が目に浮かぶだろう。今日という日まで、外見やセクシーさは重要でないと思っていた。健康や心の平和を重視することで満足していたからだ。残念ながらセルギオスと結婚したせいでビーの心の平和は破壊されてしまったようだった。

　これまでこんな無礼な態度で僕からの贈り物を受け取った女性はひとりもいない。セルギオスはしばらく呆然《ぼうぜん》としていたが、怒りがむらむらとわき起こった。ビーをにらみつけると、まつげの下から彼を盗み見る彼女のグリーンの瞳が宝石さながらに反抗的に輝いた。つややかな栗《くり》色の髪がなめらかな頬にかかり、魅惑的なピンク色の唇が引き結ばれている。たちまちセルギオスの下腹部はこわばった。欲望の熱い波に襲われ、悪態の言葉をのみこむ。僕がその気にさせたら、ベアトリスはあの軽く突き出した厚い唇でなんだってするだろう。もちろん、彼は女性をその気にさせる自分の能力に疑念を抱いたことは一度もなかった。

「失礼」

張りつめた沈黙をビーが破った。セルギオスが気づいたときには彼女はもう立ち上がっていた。そして奥の客室へと消えたかと思うと、うれしそうに彼女の名を呼ぶミロの声が聞こえた。

ビーは息苦しい主客室から逃げだせたことに軽いめまいを催すほど安堵《あんど》し、子どもたちと遊びはじめた。若いナニーのジェイニーがビーの指の巨大なダイヤモンドに気づいて息をのんだ。

「この世のものとは思えません、ミセス・デモニデス！」ジェイニーは感嘆の声をあげた。

いいえ、この指輪は彼がほかの女性で欲望を満たした償いよ。ビーはそう言ってやろうかと思った。彼女は侮辱されたと感じていた。ほかの女性とベッドをともにしても、セルギオスにとっては取るに足りないことらしく、妻を前にしても少しも気まずそうな様子を見せなかった。いつものように一分の隙《すき》もない完璧な装いで、口紅や残り香など、ほかの女性の気配を感じさせるものはまったくなかった。彼の態度が平静そのものだったこともビーには耐えられなかった。指輪を彼に投げつけてやりたかった。だからこそ、あとで悔やむような言動に駆られる前に主客室を出たのだ。

どうして彼のことを兄弟か友人のように考えられないのかしら？　なぜいまいましいほどに惹《ひ》かれ、独占欲に苦しめられるの？　認めたくはないが、セルギオスがほかの女性と親密に過ごすことに自分が我慢できないことに、ビーは気づいていた。私はいつの間にあの人に子どもじみた愚かな恋心を抱くようになっていたのだろう？　ビーはその考えにぎょっとした。しかし、恋に落ちていなければ、こんなにも悩ましい感情がわき起こるはずがない。

彼のことを異性として意識しないよう頭にたたきこむのよ。ビーは自分に厳しく命じた。二人の関係を継続させるためには、そこに活路を求めるしかない。母の幸せや三人の子どもたちの人生も考えなくてはいけない。もはやこの結婚は自分の気持ちだけの問題ではないことを肝に銘じなくては。セルギオスに感情的に反応することは、決して陥ってはいけない危険な罠《わな》だ。

それに、セルギオスの何もかもがひどいわけではない。彼はタフで、冷徹で、傲慢で、そして利己的だ。けれど、野良猫同然のモラルしかない一方で、母には驚くほどよくしてくれている。私が頼まなくても、彼はエミリアのためにこの結婚がごく普通の結婚であるかのように振る舞っている。いとこの子どもたち、というより子ども一般にあまり関心がないにもかかわらず、困っている三人の子を見かねて後見人となり、私と結婚までした。お金を払って他人に育てさせ、責任を放棄して自由を謳歌《おうか》することもできたのに。

ジェット機がアテネに到着すると、一行は大型ヘリコプターに乗り換えてオレストス島に向かった。セルギオスに観察されていることに気づいて、ビーはこれから自分が暮らす島をよく見ようと窓の外を熱心に眺めるふりをした。

オレストス島は岩と緑に覆われ、内陸は丘陵地になっていた。松林を背に白い砂浜が光り輝く紫がかったブルーの海へと続き、港の周囲にはこぢんまりした集落が見えた。

「なんてきれいなの！　絵葉書みたい」ジェイニーが興奮して叫んだ。

「この島は昔からあなたの一族のものだったの？」

ビーはセルギオスに尋ねた。

「一九二〇年代に僕の曽祖父が借金のかたとして所有することになったようだ」

「子どもたちが駆けまわるには申し分のない安全な島に見えるわね」カレンがほっとしたようにジェイニーに言った。

ビーは、セルギオスが育った安全とはほど遠い危険なギリシア本土の繁華街を思い浮かべた。彼が世間や世間の人々に対して非情な態度をとるのも無理はないのかもしれない。

ヘリコプターは高い円塔がついた大きな白い家から数十メートルほど離れたヘリポートに着陸した。松林に囲まれているので、家は空中からしか見えない。ヘリコプターを飛び降りたセルギオスはすぐにビーが降りるのに手を貸した。ミロは降りるなり、大喜びで走りだそうとしたが、たちまちセルギオスにトレーナーの襟首をつかまれた。

「海や岩場が近いからここにも危険な場所はある」セルギオスは立ちつくすナニーたちに言った。「子どもたちだけで家から出さないようにしてくれ」

その警告で浮かれた気分がいっきに吹き飛び、ジェイニーとカレンはおびえたような表情を浮かべた。

気まずい雰囲気を変えようと、ビーは努めて朗らかに言った。「子どもたちはここをとても気に入ると思うけれど、安全のために新しいルールも学ばなくてはね」

一行を出迎えたのは、ぽっちゃりして気のよさそうな家政婦のアンドローラだった。彼女が満面に笑みをたたえ、ギリシア語でまくしたてると、不意にセルギオスが足を止めた。何か驚くようなことを言われたらしい。

「ネクタリオスが来ているそうだ」セルギオスは眉根を寄せてビーに言った。

「おじいさまは同居しているものとばかり思っていたわ」

「いや、湾の反対側にある別の家に住んでいる。アンドローラの話では、嵐による洪水で住めなくなったようだ」かすかに歯をきしらせながらセルギオスは説明した。「こうなると、まったく事情が変わってくる」

ビーには彼の言葉の意味がわからなかった。アンドローラに急《せ》かされて家の中に入ると、長身で肩幅の広い、鷲《わし》のように眼光の鋭い老人が現れた。パリスがうれしそうに白髪の曽祖父のもとへ駆け寄ると、ミロが兄のあとに続いた。突き出た眉の下の鋭く黒い目がビーに向けられ、彼女は身の置きどころがなくなり、顔を赤らめた。

「花嫁を紹介してくれないか、セルギオス」老人は孫を促した。「こんなときにお邪魔して申し訳ないな」

「家族ですもの。いつでも大歓迎します」多少緊張が解け、ビーは温かい口調で答えた。「子どもたちもあなたに会えてこんなに喜んでいますし」

「美しく、気立てもいい」ネクタリオスは孫息子に穏やかに声をかけた。「上出来だな、セルギオス」

ビーは美しいというのは間違いだと思ったが、そう思っているふりをしてくれる老人の優しさに感謝することにした。今の彼女は化粧が落ち、麻のスラックスはミロの手形がついてしわくちゃだった。彼女はむずかって手を伸ばしてきたエレニを抱き上げ、肩に抱き寄せて小さな黒髪の頭を優しくなでた。

子どもたちが疲れて機嫌が悪くなってきたのを潮

に、ビーはその場を辞してアンドローラについて子ども部屋に向かった。子どもたちが前に来たときに遊んだおもちゃに夢中になっているあいだに、ビーはアンドローラに寝室へと案内してもらった。

塔にある部屋に入ったとたん、ビーは目を丸くした。広い円形の寝室の奥の大きなフレンチドアは石のバルコニーへ通じていて、港の絶景が一望できた。比較的近年になって造られたらしい部屋は贅の限りを尽くしていた。隣室を抜けて豪華な化粧室に通されるなり、彼女の目はさらに大きく見開かれた。

部屋のどこを見ても夫婦用につくられているのは明らかで、ビーは頬が熱くなった。当然のことながら、この屋敷ではセルギオスと彼の花嫁はこの豪勢なスイートルームを共有するはずだ。

夕食までにはまだ時間があると言われ、ビーは荷ほどきをメイドに任せてバスルームに向かった。ゆっくりとお湯につかってストレスを洗い流したい気分だった。

彼女にしては珍しく脱いだ服を乱雑に重ねたまま髪を無造作にまとめあげ、すばらしい香りがする入浴剤をお湯に放りこむと、浴槽に身を沈めた。すぐに体じゅうにぬくもりが広がり、ビーはその心地よさにため息をもらした。

突然、ドアがノックされ、ビーは鍵をかけていなかったことを思い出して眉をひそめた。上体を起こしかけたときにいきなりドアが開き、セルギオスが姿を現した。

ビーは慌てて腕で胸を隠し、大声を上げた。「出ていって！」

「ばかな」セルギオスは険しい声で言い返した。

6

セルギオスの目に宿る怒りの炎がやわらいだのは、ひとえに眼前の眺めに魅せられた結果だった。

全身をピンク色に染めたベアトリスが生まれたままの姿で泡の中にいる。まぶしいばかりの肌に触れたくてたまらず、セルギオスの指がうずいた。手の中におさまりきらないという予測した正しさが証明された胸のふくらみの先端は、熟したチェリーのようにみずみずしい。魅惑的な光景にセルギオスの下腹部はあっという間に張りつめた。部屋を共有するのは、プライバシーが侵害されると心配したほど悪いことではないのかもしれない。それどころか思いがけない余得になる可能性さえあった。

怒りに燃えるグリーンの瞳がセルギオスをにらみつけた。「早く出ていって!」

彼女の言葉に逆らうようにバスルームに入ったセルギオスは、憎らしいほど落ち着いてドアを閉め、そこにもたれた。「僕に向かって大声を出すな。隣の部屋でメイドたちが荷ほどきをしている。僕たちは新婚ということになっているんだ」彼はハスキーな声で戒めた。「やたらとマナーにうるさいくせに、君はときどきひどく無礼な態度をとる。ノックに応えなかったのはそっちだろう」

「応える暇もなかったわ」憎々しげに言い、ビーはタオルに手を伸ばした。ビクトリア朝時代の若い娘のようにもじもじとお湯の中で身をすくめていることにうんざりしていたうえ、恥ずかしい部分を覆うには手だけでは不充分だと痛切に感じていた。膝立ちになってすばやくタオルを当て、肌をさらさないように慎重に立ち上がる。

彼女のウエストとヒップのあいだのバイオリンのような曲線をたっぷりと観賞しながら、セルギオスはにやりとした。「もっと大きなタオルが必要なんじゃないか、ベアトリス」

細くもないし華奢《きゃしゃ》でもない自分の不格好な体型をビーは思い知らされた。セルギオスが結婚するはずだったサイズ五のザラの体を思い出す。続いてザラと同じように小柄だった彼の最初の妻を思い浮かべたのは言うまでもない。あれこそギリシア人の夫が理想とする女性の体型だ。その基準からすると、私なんて大女の部類だわ。

「さもなければ、タオルなんか取ってしまってもいいんだよ、僕の奥さん《イネカ・ムー》」セルギオスはかすれた声で続けた。その場面を想像して間延びした声に笑いがまじる。

「この役立たずのタオルの端を結んでいなければ、ひっぱたいてやるところよ！」からかわれていると思い、ビーは声を荒らげた。自分が男性の前に一糸まとわぬ姿で立つなど、とうてい考えられない。たとえ、相手が夫となった人でも。

彼が棚から取って投げてよこした大きなタオルを、ビーはぎこちなく体に巻きつけた。

「僕たちはこの寝室を共有しなければならない」打って変わって真剣な口調でセルギオスが告げた。

ビーは眉根を寄せた。「何を言ってるの？」

「祖父が滞在するからには、普通の結婚だと信じてもらう必要がある。寝室を別にして兄と妹みたいに振る舞ったのでは、信用するはずがない」セクシーな口もとが皮肉っぽくゆがむ。「どうしようもない困難に耐えて、お互いの演技力に期待しようじゃないか」

「あなたと寝室を共有するですって？　ベッドまで？」ビーはあえいだ。「いやよ」

「君に選択肢はない。君もサインをした契約書の中には、お互いに協力し合うという一項も含まれている」黒々したまつげに縁取られた目が透きとおるようなビーの肌を見すえた。「なすべきことをするだけだ。君がお母さんを心配させたくないと思うのと同じく、僕も祖父を動揺させたくない。祖父には僕たちの結婚が本物だと納得してもらわなければならない」

「あなたと同じベッドに入るのは絶対にいや」ビーは語気を強めて繰り返した。「あなたがベッドで寝るなら、私はどこか別の場所で寝るわ」

セルギオスの目が夜空に輝く星のようにきらめいた。「僕の家でそんなことは許さない」

ビーは間に合わせのタオルにくるまった情けない格好では不利だと感じた。ただでさえ大きな体が、だぶだぶのタオルに包まれている今はさぞかし巨大に見えているはずだ。彼が毛布みたいに大きなタオルを選んだのは偶然かしら？ それともわざと？

「着替えるわ」ビーはセルギオスが体をどけるのを待ってバスルームを出ようとした。〝僕の家でそんなことは許さない〟ですって？ サーベルみたいに鋭い牙をむいた虎さながらに威嚇しても、私の気持ちは変わらない。私には自分のベッドで寝る権利がある。

セルギオスは険しく目を細め、精悍《せいかん》な肉食獣のように悠然とドアの枠にもたれた。今にも爆発しそうに空気が張りつめている。通り抜けようとしたビーのむきだしの肩に彼の手がかかり、彼女は立ち止まった。

「君が欲しい」セルギオスはもう一方の手でビーの背中をそっと引き寄せ、ウエストから肋骨《ろっこつ》にかけて指を走らせた。

ビーはパニックに陥り、息が止まった。君が欲しい？ いつから？ 「それは契約に入っていないわ」彼女は抑揚のない声で応じた。少しでも動けば彼女を刺激すると恐れるかのように、ビーは石像のように立ちつくしていた。

不意に彼女の頭上でセルギオスが笑い声をあげた。楽しげで生き生きした声だ。

「僕たちはお互い大人として合意した。それをどう解釈するかは――」

「私の意見を信じたほうがいいわよ。体の関係で事態を複雑にするのはお互いのためにならないわ」

「これが現実の世界だ。欲望はエネルギーだ。計画を立てたり、紙に書き留めたりするものではない」タオルを巻いた彼女の胸にセルギオスは両手をあてがった。

軽く押さえる彼の手の下でビーの鼓動はめちゃくちゃに乱れた。その音がビーの耳の中で大きく反響する。セルギオスの手がタオルを大胆に押し下げ、張りのある丸いふくらみを愛撫《あいぶ》し、硬くとがった頂を指で挟んだ。ビーは息をのみ、ピンク色の頂をなでる長い指を見下ろした。真っ赤になってきつく目を閉じる。脚はがくがくと震えていた。彼を押しのけなくては。押しのけてやめるように言うのよ。きっぱりと。

セルギオスは懸命に体勢を立て直そうとするビーをすくい上げ、大股で寝室に戻って巨大なベッドに横たえた。彼がヘッドボードの上のボタンを押すと、ドアの鍵がかかる音が聞こえた。ビーは体を起こし、あらわな体をタオルで覆った。

「どこにも逃げられないよ」自信に満ちてはいるが、かすれた声で言い、セルギオスはベッドに膝をついてビーに手を伸ばした。

「こんなこと、よくないわ」ビーは抗議したものの、警告というよりは単なる金切り声に聞こえた。

「まるでおびえたバージンだな」セルギオスはからかいながら、片手で彼女の顎を上げ、乱暴に唇をむさぼった。ふっくらした下唇を噛《か》み、柔らかな口の内部に舌を差し入れて巧みに動かす。もう片方の手は硬くなった胸の頂をなでた。

ビーはまるで手綱を引かれたように、流れに身を任せたい衝動に駆られた。「セルギオス……」容赦のない官能的な唇の攻撃に我慢できずに叫ぶ。「キスをしてくれ」セルギオスはたくましい手を動かしながら促した。「君の胸はすてきだ」

甘美な感覚が体を走り抜け、ウィルスに感染したようにビーは全身から抵抗力がなくなるのを感じた。だが、身をよじった拍子にビーはベッドから転がり落ち、ヒップをしたたか打ちつけた。

セルギオスは急いで上体を起こし、困惑した顔で手を伸ばして彼女を立たせた。「何をしているんだ？　けがはないか？」

「大丈夫、なんとかして止めたかっただけよ」ビーはぶっきらぼうに言い、再びタオルを引き寄せた。ひどく間の抜けな気分だった。


「なぜだ？」セルギオスは純粋に驚いていた。

ビーは目を伏せつつ答えた。「あなたと体の関係を持つつもりはないからよ」

「嘘《うそ》つきめ」セルギオスは燃えるようなまなざしを彼女に注いだ。「女性が求めているときはわかる」

ビーはラグが敷かれていても座り心地の悪い木の床に座りこんでいた。なぜ自分が声をあげたり、彼に襲いかかったりしないのか、不思議でたまらなかった。セルギオスは骨を手に入れた犬同然だ。簡単にはあきらめないだろう。「一瞬、正気を失ったのよ……隙《すき》をつかれて。二度とこんなことしないわ。あなただって体の関係は不要だと――」

「気が変わったんだ」間髪を入れずにセルギオスは言った。

ビーは今にもわめきそうになった。「私は違うわ。もちろん、気が変わっていないという意味よ」

意外にもセルギオスの口もとに笑みが宿った。ハンサムな顔にどんな女性も無視できない魅力が加味される。彼はベッドにゆったりともたれた。「それなら取り引きをしようじゃないか、イネカ・ムー」

「取り引き？」ビーは聞き間違えたかのようにいぶかしげに繰り返した。

「本当に堅物なんだな。僕みたいな男がもう少しさばけた人間にしてやる必要がありそうだ」

ビーはタオルをつかんでさっと立ち上がった。頬を紅潮させ、栗《くり》色の髪を振り乱して。「さばけた人間になんかならなくて結構よ。私は今の自分に満足しているの」

セルギオスはもどかしげに息を吐いた。「妊娠したいなら妊娠してもいいんだ」茶化すように目をくるりとまわし、恩着せがましく言う。「どうせもう三人も抱えているんだ。ひとり増えたからといって、大差ないだろう？」

身も蓋もない言い方にショックを受け、ビーは目を見開いてあとずさった。「あなたはどうかしているわ」

セルギオスは尊大な態度でかぶりを振った。「狭い枠にとらわれずに考えるんだ、ベアトリス。僕は取り引きをしようと言っているんだ。君はビジネスに疎いから説明しよう。僕は自分の欲しいものを得るために君が欲しいものを与える。単純な話さ」

「ただし、取り引きされるのは私の体でしょう」ビーはかすかな皮肉をこめて言い返した。「相手があなたであろうと誰であろうと、自分の体を取り引きの道具にするつもりはないわ。体の関係は持たないと同意したはずよ。私はそれを守るわ」

「だが、君の体はそうは言っていないようだよ、大切な人《ラトリア・ムー》」セルギオスはわざと甘い声で言った。

「誤解よ。あなたのエゴが勝手にそう思いこませているのかもね」ビーは弱々しく反論し、ボタンを押してドアの施錠を解いた。

しかし次の瞬間、セルギオスの指がビーのタオルの胸もとにかかり、彼女は身動きがとれなくなった。彼を見上げると、長く濃いまつげに縁取られた金褐色の目に見すえられ、心臓が喉から飛び出しそうになった。

「いや、僕のエゴのせいじゃない」セルギオスはジャングルを徘徊《はいかい》する大きなネコ科の動物のように喉を鳴らした。

「いいえ、そうよ。私はあなたの好みのタイプじゃないもの。本当は少しも欲しくないくせに」

「僕の場合、特に好みのタイプはない」

「ザラはどうなの？　最初の奥さんは？　思い出させてあげましょうか？　二人ともほっそりして、セクシーなタイプ。そうよね？」ビーはためらうことなく攻勢に転じた。平手打ちでも食らったかのようにセルギオスの顔がこわばり、青ざめていく。タオルの端をつかんでいた彼の手が力なく滑り落ちるや、ビーはその機を逃さず、攻撃を続けた。「それがあなたの好きな女性よ。私は違うし、今後そうなることもないわ」

セルギオスは鋼のように鋭い視線を彼女に注いだ。

「僕が何にそそられるか、君は知らない」

「そうかしら？　手に入らないと言われたもの、手に入れるのが難しいもの――それがあなたを興奮させるのよ！」ビーは怒りの深さを隠して食ってかかった。「私は今夜、たまたま自分を手に入れにくいもののように見せてしまった。あなたって本当にひねくれているのね。私が進んで身を投げ出していたら、きっと拒んでいたはずよ」

「いや、今の僕は違う」セルギオスはさらりと反論し、自らの長くたくましい腿をなで下ろし、ズボンの前部のふくらみに彼女の注意を向けさせた。「見てのとおり、君に誘われたらノーと言えるような状態じゃないんだ」

彼が興奮している証拠を見せつけられ、ビーは恥ずかしさに喉もとから髪の生え際まで赤くなった。目のやり場に困りながらも、体の奥で熱の塊がうごめいている。「いやな人」つっけんどんに言いながら、本当はそんなふうに思っていないことは自分でもわかっていた。彼が自分に欲望を感じていると思うと官能を刺激され、自分の女としての魅力のあかしを目にしたことで満足感を覚えた。

「ディナーのあいだに自分が欲しいものが何か、よく考えるんだな」セルギオスは悠然とアドバイスを送った。「僕が君に与えられないものは何もないことを忘れないでくれ」

ビーは怒りに顔をこわばらせてベッドから離れた。「お金ならいくらでもやるから、あなたのベッドに入れと？」

セルギオスは顔をしかめた。「まったく君は露骨な言い方しか――」

「あなたって、ノーと言われるのが我慢ならないのね」ビーは怒りに任せてなじった。「赤ちゃんまで交渉の道具に使おうとするなんて」

「もちろん、君は赤ん坊が欲しいはずだ。子どもたちといる君を見ていればわかる。子どもが欲しいと思っていなければ、あんなふうに接することはできない」セルギオスは自信たっぷりに断言した。「いずれ君が自分の子どもを欲しがると予測できないほど女性経験は乏しくないよ」

「今のところ」ビーは震える声で言い返した。「いったい何をよすがにしてこんな卑劣で破廉恥な人と結婚生活を送ればいいのかわからず、途方に暮れているわ！」

「君のお母さん、子どもたち、何事にも失敗を嫌う君の性格というのはどうだ？　君は簡単に投げ出すタイプじゃない。僕はそういう女性を尊敬する」ネクタイを直し、黒い髪を後ろになでつけて、セルギオスはベッドから飛び下りた。たくましい体がビーの目の前にそびえ立つ。「だが、ひとつ警告しておく」氷のように冷たい声が響く。「最初の妻のクリスタの話をするつもりはない……絶対に。僕たちの話し合いに彼女を巻きこむな」

　刺激的な出来事と最後の冷酷な警告に衝撃を受け、ビーは湯の冷めたバスタブに戻っても呆然《ぼうぜん》としていた。セルギオスに触れられた瞬間に強烈な欲望に襲われてしまい、危うく屈するところだった。けれど、私もばかじゃない。男性にあそこまで心を乱された経験はなくても、セックスとそれへの渇望が強烈に人の心を惑わすものであることは理解している。そうでなければどうして世の多くの人がセックスの誘惑に負け、厄介な事態に陥ったり、身を誤ったりするだろう。不愉快ではあるけれど、自分もほかの人たちと同じく弱い存在なのがわかったというだけの話よ。

　私に向かって話題にするなと警告したクリスタの死後、セルギオスはプレイボーイとして浮き名を流すようになった。女性経験も豊富で、女性のどこを攻めればいいか熟知し、私だけでなく、多くの女性たちのタオルを取り払ってきたに違いない。ビーは悔しさをつのらせながら思った。でも、私は全部は取らせなかったわ。セルギオスのように何ものにも屈しない強烈な意志の持ち主に対しては、どんなにささやかな勝利でも祝う価値がある。

　セルギオスが本心から私を求めていないからといって、プライドが傷つくなんてばかげている。彼は、祖父の滞在で結婚がまがいものであることを隠すために嘘をつかなければならなくなった。それがおもしろくなかったのだ。手を出さないと約束した女性とベッドをともにするのは男の沽券《こけん》にかかわるため、どんな手を使ってでも合意した条件を破棄しようとした。それにしても、男性が妊娠を餌に女性を誘惑するなんて、めったにないだろう。

セルギオスは頭の回転が速い。欲しいものを手に入れるためにはどんな恥知らずな手を使うのもいとわないらしい。同時に彼は恐ろしいほどに洞察力が鋭い。一見現実的な性格の下に隠れた私の弱点をかぎ取り、私に対してはお金やダイヤモンドより子どものほうが交渉の武器になると推測したのだ。そして悔しいことに、それは図星だった。ずばりと言い当てられて、腹立たしさと屈辱のあまり、ビーは叫び声をあげたいほどだった。

どうして彼はこれほど私の心の内を見透かすことができるのだろう。自分でもごく最近になって気づいたことなのに。パリスやミロやエレニと毎日過ごすようになって初めて、ビーは母親でいられることの喜びを知った。エレニの服の買い物に行ったとき、もっと小さな服や乳母車も見ている自分がいた。子どもを産みたくなる衝動は友人たちの体験を聞いて知っていたが、自分で感じたのは初めてだった。

しかし、冷静に考えれば、ビーはセルギオスと対等の立場を堅持しなければならなかった。結婚したとたんに勝手を許せば、二、三年のうちに彼女は主人の命令に従うだけの価値のない存在になりかねない。彼には二人で引いた境界線を尊重してもらわなければ、とビーは思った。セルギオスはメリタやほかの女性とつき合っている。私はその中に入りたくない。考えるうちに、ビーは頭が痛くなってきた。

私は手に入れることのできない男性に惹《ひ》かれてしまい、袋小路に陥っている……。緊張をほぐして不安な思いをやわらげようと、ビーはパッドのついたヘッドレストに頭をあずけて体を伸ばした。セルギオスは彼女の心の平穏にとって最大の脅威だった。彼は自分の都合に合わせてゴールポストを移動させている。獲物を求めて大海原をさまよう海賊のように。けれど、とビーは内心でつぶやいた。私と剣を交えるときは、私の見かけの穏やかさの下に隠された岩礁に乗り上げる羽目になるかもね。

セルギオスが寝室に入ってきたとき、ビーは身支度の仕上げをしていた。長いブルーのイブニングドレスは必要以上には肌を見せず、体にぴったりとしていた。感慨深げに彼女を観察するセルギオスの目が輝くのを、ビーは鏡の中から見ていた。

「セクシーだ」セルギオスは満足そうに言った。

ビーは身構えながら弁解した。「襟はくれていないし、脚も出ていないわ」

すかさず反論した彼女をおもしろがるように、セルギオスの口の端が上がった。張りついた生地の下でくっきりと浮かび上がる豊満な胸とヒップに視線を走らせただけで、彼は何も言わなかった。肌の露出度は控えめでも、ドレスは豊かな曲線を余すところなく際立たせている。彼は妻の肩にかかるほつれ毛の端に触れた。

「また前のように髪を伸ばしたらいい。僕は長いほうが好きだ」

「女性があなたの言うとおりに外見を変えるのに慣れているのね？」ビーは当てつけがましくきいた。

「ああ」セルギオスは平然と答えた。

「ほかにご命令は、ボス？」ビーは皮肉を言わずにはいられなかった。

「笑顔でリラックスしていればいい。祖父はすでに君が気に入ったようだ。曽孫《ひまご》たちの様子がずいぶん改善したのを見てね」

「そんな。私の力じゃないわ。子どもたちとはまだ数週間しか暮らしていないのよ」

「あの子たちは実の母親ともそれほど一緒にいなかった。だから、君に面倒を見てもらって心から喜んでいるんだ」

「お母さんとあまり一緒にいなかったの？」

「母親はテレビの人気キャスターで、ほとんど家にいなかった。ティモンは彼女に夢中だったよ」

不意にビーはきいてみたくなった。あなたはクリスタに夢中だったのか、と。けれど、セルギオスが誰かのとりこになり、自分をよく見せようとか相手を喜ばせようとか努める姿は想像できなかった。徹底してタフで沈着冷静な彼の性格を考えれば、女性との関係でも自分がいちばんでなければ満足しなかっただろう。とはいえ、クリスタと結婚したとき、彼はまだ二十一歳だったのだから、結婚という制度について今ほど懐疑的ではなかったはずだ。一昨日の結婚式で彼が見せた態度と照らし合わせると、クリスタとのあいだに何かがあったとしか思えない。もちろん、ほかの見方もできる。クリスタと生まれてくるはずの赤ん坊を失ったことで深手を負い、二度と人を愛したり結婚したりしないと決意したとも考えられた。

私ったら、何を考えているのかしら。ビーは愕然《がくぜん》とした。どうでもいいじゃない。セルギオスが私と結婚したのは子どもたちのためだということを忘れてはだめ。今日の午後、彼は私をベッドに引きこもうとした。その信じがたい方向転換の動機は容易に推察できる。

このちっぽけなギリシアの島でほかにどんな選択肢があるというの？　セルギオスはハネムーンをここで過ごしていることになっている。祖父の手前、花嫁をほったらかしにしてほかの女性のベッドに潜りこむわけにはいかない。つまり、自らが仕組んだ芝居でがんじがらめになったセルギオスは、欲望の対象となる女性は私しかいないことに気づいたのだ。目下のところ、欲望の強い夫の唯一の選択肢は私だけ。そう考えると、ビーはほっとした。自分の女としての魅力に自信を持ってのぼせあがらずにすむからだ。

ディナーはダイニングルームの外のテラスで供さ

れた。赤々と燃える夕日が海に沈むのを眺めながら の食事はすばらしかった。ネクタリオスが島の歴史と一族が島を所有するに至った経緯を話すのを聞きながら、ビーは料理を堪能した。

やがて男性二人が仕事の話を始めると、ビーはいかにセルギオスが祖父に外見やしぐさが似ているかに気づいた。彼女は二人にギリシア語で話してもかまわないと勧めた。私も早くギリシア語を覚えなくては。ビーは自分が外国語の習得を比較的得意としていることに感謝した。スタッフや子どもたちと意思の疎通を図るには言葉は大切だ。周囲の会話から自分が半ば締め出されるのはいやだった。

ビーはデザートの新鮮な果物を食べながらセルギオスのことを考えていた。ほの暗い照明が短く切った黒髪を照らし、たくましいブロンズ色の横顔に影をつくっている。信じられないほどハンサムで、しぐさひとつとってもセクシーだわ。ビーは彼の手が描く優美な弧を目で追ってぼんやりとそう思ったが、ネクタリオスに見られていることに気づき、頬を赤らめた。数分後、ビーは子どもたちの様子を見る時間だと言って食事の席を辞した。

子どもたちの部屋に足を運んだビーは、パリスに翌朝ビーチに行くことを約束した。それから主寝室のドアの前を通り過ぎ、塔の最上階の寝室に向かった。その日の夕方にその部屋を見つけ、避難所になりそうだと目星をつけていた。最近何かで、夫婦が熟睡するために寝室を別にするのがはやっているという記事を読まなかったかしら？　別々のベッドで寝たからといって不仲だとは限らない——セルギオスにとがめられたらそう反論すればいい。

ビーはセクシーさとはほど遠い軽いコットンのネグリジェに着替えた。ロンドンの買い物アドバイザーに提案されたシルクやサテンのランジェリーはぞっとしなかった。彼女は大きくて快適なベッドに入り、手足を四方に投げ出して全身の緊張を解いた。そのうちこの家にも新しい生活にもなじむに違いない。ビーは自分を慰めた。

突然ドアが開き、彼女ははっと頭を上げて目を凝らした。階段の吹き抜けの明かりがセルギオスの精悍な顔と裸の胸を照らしている。身につけているのはタオルだけらしい。つかの間の休息はまたたく間に破られた。彼女は上体を起こし、部屋の明かりをつけた。

「そこで何をしているの？」

「君が夫婦の寝室のベッドに入らないなら、僕もそうするしかない。どこで寝るにしても一緒にいるんだ」セルギオスは険しい目と妥協を許さない強固な顎の線を際立たせて断言した。

ビーはむきだしになった筋肉質の体に圧倒された。長身で肩幅が広いうえに、力強い体と引き締まった平らな腹部は迫力充分だった。「そのタオルを取ったら承知しないから！」ビーは弱々しい声で警告した。

「気どる必要はない」セルギオスは憤然として言った。「僕が裸で寝るのはいつものことだ」

「あなたが裸でいたら、兄妹みたいに振る舞えないでしょう」ビーは食ってかかった。

セルギオスは自分を兄扱いしようとする彼女が理解できなかった。彼の希望はもはやプラトニックな関係からかけ離れていた。彼はまいったとばかりに両手を上げた。「男の裸なんか腐るほど見てきただろう」

「どうしてわかるの？」ビーは勝手な憶測にむっとした。「私が大勢の男性と関係を持ったとでも？」

「僕だって女性の経験は豊富だ。誰かさんと違って偽善者じゃないからな」セルギオスは皮肉をこめて言った。

ビーは激怒した。「ご参考までに言いますが、もう少し好みのうるさい人間もいるのよ」

「君の相手はみんなパジャマを着て眠るのか?」セルギオスは思わず当てこすりを口にした。そのあいだ彼の目はビーのネグリジェに注がれていた。端にひらひらとレースのついたぶかぶかのコットン。なんと醜悪な代物だろう。

ビーはたじろいだ。「実のところ、そういう人はまだいないわ」ビーは、セルギオスが彼女の経験の乏しさを知って放っておいてくれるよう願った。

セルギオスが歩を進めてベッドから三メートルほどのところで止まった。「まさか今までまったく経験がないと……」

ビーは赤面したものの、なんでもないというように肩をすくめてみせた。「そのとおりよ」

セルギオスは愕然とした。バージンというものは効果的な避妊法の開発と同時期に絶滅したと思っていた。まさか自分の家のベッドにいるとは。彼はきびすを返し、ひと言も言わずに部屋を出ていった。

緊張状態から解放され、ビーはゆっくりと深呼吸をして明かりを消した。バージンと聞いて、のぼせあがった頭が冷えたようね。私は彼にとって〝挑戦の領域〟から、手出しする気が起こらない〝立入禁止区域〟の女になったようね。

だが、その推測は間違っていた。再び寝室のドアが開き、ビーは驚いて体を起こした。セルギオスがタオルを取り、黒のボクサーショーツ一枚の姿で戻ってきたのだ。筋肉に覆われたブロンズ色の体の美しさに、彼女は圧倒された。

セルギオスは無言でビーから離れた位置に体を滑りこませた。バージンか。彼はよこしまな魅惑を感じていた。その希少価値は放蕩《ほうとう》の限りを尽くした男の目にさえ魅力的に映った。

爪先が彼のたくましい脚に触れ、ビーはやけどしたように慌てて引っこめた。どんな抵抗に遭おうとも、セルギオスは自分のしたいことをとことん追求する。ビーの鋼鉄の神経もさすがに根負けしつつあった。

「僕はバージンとベッドをともにしたことは一度もない……」セルギオスは深みのある声でささやいた。「二十一世紀の世で、君は恐竜みたいなものだ」

とんでもないたとえにおかしさがこみあげ、ビーはこらえきれずに吹き出した。

「笑わせるつもりじゃなかったんだが」そう言ってから、セルギオスは腕を伸ばして彼女を引き寄せた。

「自分が恐竜になった姿を想像してみてよ」ビーは笑い転げた。「ティラノザウルスだけはやめてね」

ビーの笑いは、人生を真剣に考え、セックスについてはもっと真剣に考える男にとって、大きな驚きだった。セルギオスは、止まらない笑いになすすべもなく豊かな体を震わせるビーを抱きしめた。彼女の胸のふくらみが彼の胸板をこすり、腿と腿が触れ合う。セルギオスは石鹸《せっけん》のような彼女の香りを深々と吸いこみ、自分の腕の中で情熱的な営みに身を任せる彼女の姿を思い浮かべた。そのとたん、新たな欲望が彼の全身を貫き、その強烈さに我ながら狼狽《ろうばい》した。

片手にビーの髪をからませて頭を押さえ、セルギオスは開いた唇に熱い舌を差し入れた。たちまち笑いは消え、すぐに反応が返ってきた。セルギオスがふっくらした下唇をついばみ、敏感な口の中を舌先で探りはじめるなり、ビーは足の先を丸め、さらに求めるように体を寄せて伸び上がった。

「セルギオス……」彼が唇を離したとき、ビーはぼんやりと抗議した。

「朝になっても君はバージンのままだ」セルギオスがささやく。「約束するよ、イネカ・ムー」

7

ビーは震えていた。全身のあらゆる敏感な部分が興奮しながらも、頭の中では〝好奇心は猫をも殺す〟ということわざがこだましていた。セルギオスが仕掛けているゲームのルールを私は知らない。防御を緩めたことをきっと後悔するだろう。しかし、彼がキスを深めるたびに体の奥のうずきが激しくなるのを、ビーは止めようがなかった。

セルギオスはビーの細い肩からじりじりとネグリジェを引き下げていき、豊満な胸をあらわにした。薄手のカーテンから差しこむ月光に照らされた丸いふくらみは、これまで見たこともないほどそそられる光景だった。彼は二つの隆起をつかみ、硬いピンク色の頂を飢えた口に含んだ。彼の愛撫《あいぶ》にビーは上体を反らし、切なげに吐息をもらした。セルギオスはもう一方の頂に唇を移して敏感さを増す彼女の体に愛撫を加え続けた。

まるで全身をばらばらにされて、違う順番で組み立て直されているようだわ。ビーは不安に苛《さいな》まれながらも、荒れ狂う渇望に支配されていた。二度と私は元に戻れないかもしれない。そうわかっていても、セルギオスを突き放し、やめてと言うことができない。ビーは彼の髪にぎこちなく手を差し入れた。そのあいだも、セルギオスは彼女のとがった頂を優しくなで、なめらかな胸のふくらみにキスを浴びせ、しだいに唇を上へと移していき、再び彼女の唇をむさぼった。

ビーの脚の付け根に熱いものがあふれた。朦朧《もうろう》としながらも、体の奥が収縮し、ヒップがベッドにのめりこむのを感じる。ビーはセルギオスの肩を両手でやみくもにつかんで、さらに強い刺激を求めて腰を浮かせた。声は出なかったが、喉からもれるあえぎは止まらない。

突然、すべてが大きなひとつの爆発に結晶した。ビーは体をのけぞらせてのぼりつめ、叫んだ。なすすべもなく体は異空間をさまよった。

余韻に浸りながらも、ビーはベッドを出て逃げだしたかった。だが、逃げこめる場所などなかった。バスルームのドアの陰で身をすくめているのは気が進まない。彼女はしかたなく、セルギオスの腕の中で身じろぎもせずに横たわっていた。どこか高いところから落ちた石のように。息が乱れ、心臓が早鐘のように打つのを感じる。ヒップに当たる彼の欲望のあかしも。なんてことかしら、私は何をしてしまったの？

「興味深い経験だったな」セルギオスは感じ入ったように甘い声でささやいた。「すっかり打ち解けた」

「あの……あなたは？」完全に一方通行だったことが気がかりで、ビーは不安げに尋ねた。

「あとで冷たいシャワーでも浴びてくるよ」彼は聖人のように返した。

真っ赤になりながらも、ビーは免罪符を渡されたように安堵《あんど》した。ほっとするのは身勝手だけれど、私は今、足の立たない深みにはまっている。あんなふうにのぼりつめることができるなんて夢にも思わなかった。セルギオスに導かれてそれを知ったことは不本意だけれど。

「君はとても情熱的だ、僕の花嫁《モリ・ムー》」セルギオスは勢いよくベッドから出ながら言った。「タウンゼントは君には合わなかったようだ」

ビーは体をこわばらせた。「あなたがジョンの何を知っているの？」

セルギオスはバスルームのドアの前で振り返った。「君が言いたくないことも僕は知っている」平然と言ってのける。「調べさせたからね」

「調べさせた？」ビーはネグリジェの乱れを直しながらベッドを出ようとしたが、うまくいかず、さらにいらだった。「なぜそんなことを？　彼はただの友人だと言ったはずよ」

「違うだろう。彼は君の元恋人だ。となると、バーでのちょっとした語らいもまったく無邪気なものとは言えなくなる」セルギオスは憤る彼女の顔をしっかりと見すえた。「とはいえ、たった今判明したように、彼とは寝ていないのだから、取るに足りない関係とも言える」

「もしまた私に触れたら、叫ぶわよ」

「異存はない。僕の胸で叫ぶ君はとてもすてきだった」からかいの言葉を残し、セルギオスはバスルームのドアを閉めた。

ビーはこぶしを握りしめた。閉じたドアに何か投げつけてやりたい。でも、そんなのは子どもじみている。私は子どもじゃない。ただ、セルギオスの手管にあっけなく屈した自分には失望していた。そして突然、ビーは自分にいらだった。気どりやと言われて当然ね。私にとってはどんなに屈辱的でも、セックスという観点からすれば二人は何もしていないに等しい。私が深刻に考えすぎているに違いない。大騒ぎするほどのことではないというように振る舞うほうがよほどスマートだ。

でも、ベッドでのセルギオスは驚異的だった。彼がベッドに入ってきた瞬間に私は出るべきだったのだ。彼に比べたら私はまったくの初心者で、どんな形の性的接触であれ、みじめな結果になることは決まっていた。それにしても、昔のボーイフレンドとちょっと会っただけなのに、どうしてジョンのことを調べたりしたのかしら？　誰も信用していないから？　きっとそうなのだ。そこまで人間不信に陥るなんて、彼はどれだけの人に裏切られたの？　そう思うと多少後ろめたくもあった。愛情は介在していなかったにせよ、妹のザラも結婚の約束をしながらセルギオスを裏切った。私がジョンのことをもっと正直に話していれば、彼ももっと信用してくれていたのかもしれない。

いつしか眠ってしまったらしい。ふと気づくと、セルギオスが彼女を冷たいベッドに横たえていた。

「ううん……何……どこなの……セルギオス？」

「眠っていていいよ、ベアトリス」

一瞬開けたビーの目に月明かりに浮かぶ円形の主寝室が見えたが、疲れきって何もする気になれず、寝返りを打ってまた目を閉じた。

翌朝、目が覚めると、ビーはひとりだった。横にある枕のくぼみだけが隣に誰かが寝ていたことを物語っている。子どもたちとの約束どおりビーチに出るため、ビーは急いでシャワーを浴び、バミューダパンツとサファイアブルーのTシャツを身につけた。

テラスではネクタリオスが新聞を読んでいた。

「セルギオスはオフィスで仕事をしている」老人は新聞をたたみながらビーを見やった。「今日はどんな予定かな？」

トーストと紅茶を持ってきたアンドローラに礼を言ってからビーは答えた。「子どもたちをビーチに連れていきます」

「ベアトリス……君たちはハネムーンの最中だぞ」ネクタリオスは考えこむように言った。「子どもたちのことはしばらくほうっておいて、私の孫をオフィスから連れ出してくれ」

セルギオスに彼の意思に反したことを強制するのは気が進まない。しかし、ネクタリオスが新婚のはずの二人の振る舞いに不自然なものを感じているのは明らかだった。

ネクタリオスはビーに母親のことを尋ね、会うのが楽しみだと言った。食事が終わると、ビーはセルギオスを捜しに行った。ゆうべのことを考えれば、できるなら顔を合わせたくなかったが。

セルギオスは陽光が差しこむ明るい部屋でノートパソコンに向かいながら、電話をしていた。ビーは落ち着かない視線を彫りの深いブロンズ色の横顔に向けた。どんなにいまいましい人でも、いつ見ても並外れたハンサムであることは否定できない。電話を終えたセルギオスは、ビーの顔を凝視した。たちまち彼女の頬は赤く染まり、喉がからからになった。

「ベアトリス……」

「子どもたちをビーチに連れていくから、一緒に来て。ハネムーンの最中なのにあなたが早々と仕事に戻ったから、おじいさまが驚いているわ」

「子どもとビーチで遊んだことなどない」いかにも家族そろってのお出かけのような提案に、セルギオスは顔をしかめた。

ビーは肩をいからせて冷ややかに言った。「それなら、覚えればいいわ。あの子たちはあなたを必要としている。母親だけでなく、父親も必要なの」

「父親というのがどんなものか知らないんだ。僕にはいなかったし――」

「だからといって、あなたがいとこの子どものいい父親になれないとは限らないでしょう」ビーが遮ると、言い分をあっさり却下されたセルギオスは顎をこわばらせた。「たまにしか一緒にいなくても、まったくいないよりはましよ。父は私に無関心だった。私はその空虚さをずっと感じていたものよ」

非難がましい彼女の言葉に、セルギオスは勢いよく身を起こした。そして広い肩をすくめ、いらだたしげに髪をすいた。セクシーな口もとがばかにしたようにゆがむ。「ベアトリス――」

「自分が聞きたくないことを言われているからって、黙らせようとしないで！」ビーはぴしゃりと言った。「一週間に一時間でも子どもたちに時間を割いてくれればいいの。まったくないよりはましだわ。たったの一時間よ。それさえ守ってくれたら、あとはあの子たちのことを頭の中から消していいから」

セルギオスはしかめっ面でビーを見つめた。「僕の考えは言ったはずだ。君と結婚したのは君に彼らの面倒を見てもらうためだ」

「それって私たちの〝取り引き〟のこと？」ビーは非難めいた口調で問いただした。「疑問に思っていたのよ。あなたはすでに私の側の条件を変えた。自分の側の条件だとどうしてそんなに融通がきかないの？」

セルギオスは片方の眉を上げた。「僕がビーチに行ったら、君もおとなしく寝室を共有するか？」

ビーはあきれ、ため息をついた。「人と人との関係は仕事の取り引きみたいにはいかないものよ」

「そうかな？　ギブ・アンド・テイクを認めないとでも？」

「もちろんそうじゃないけれど、セックスを何かのサービスやお金みたいにやり取りするのがいやなだけ」ビーは嫌悪感をあらわにした。

「セックスと金が世の中を動かしている」セルギオスはあざ笑った。

「そこまで自分を貶《おとし》めるつもりはないわ。私にはそれ以上の価値があるし、それはあなたも同じよ。私たちは獣じゃないし、性を売り物にする職業についているわけでもないわ」

彼女は率直な物言いを好むが、意外に芝居がかった言い方もするようだ。セルギオスは、うかつにも自分がビーを平凡で従順な女性だと思っていたことに気づいた。あの鮮やかなグリーンの瞳、完璧な肌と官能的なピンク色の唇は自然美そのものだ。しかもベアトリスは僕を拒んだ。拒絶されるのは癪《しゃく》に障るが、手に入れるのが難しいとなると、よけい気持ちをそそられる。それに、バージンだとわかって、ビーが性的な関係を持つことを拒むのも納得できたし、なおさら彼女を大切に思うようにもなった。

まわりの空気が張りつめたのに気づき、ビーは身を硬くした。セルギオスのくすぶるような金褐色の目で見つめられただけで、胸の頂がとがり、胃がよじれ、脚の付け根が熱く潤ってくる。頬が紅潮するのがわかり、ビーは顔をそむけた。自分の体をコントロールできないことが実に歯がゆい。

「わかったわ」ビーは唐突に言って、セルギオスのほうを振り返った。彼のにらみつけるような目を見て、思わず笑いそうになる。「あなたが一週間に一時間、文句を言わずに子どもたちとの時間をつくるなら、私も寝室を共有する件についてもう何も言わない。さっき朝食の席で、おじいさまが決してごまかしを見逃さない方で、私たちを疑っていらっしゃることもわかったから」

「祖父にはずっと昔、二度と結婚しないと宣言したし、彼は僕の性格をよく知っている。当然この結婚には疑念を抱いているだろう」

「ビーチで待っているわ」ビーはつっけんどんに応じた。寝室の件で譲歩するのは気分が悪かったが、今までどんなに子どもたちと触れ合うようセルギオスに忠告しても効果はなかった。少しでも現状を改善するためにできることがあるのなら、試してみなければ。

子どもたちはカレンの世話ですでに水着になり、ビーチバッグにはおもちゃと飲み物が詰めこまれていた。ほどなく、一行はパリスが先頭になって松林の木陰の道を白い砂浜へと下りていった。

セルギオスがやってきたとき、みんなは潮だまりをのぞいていた。彼はデニム地のショートパンツにシャツを羽織っていた。ボタンを留めていないためにに腹部の割れた筋肉がむきだしになり、ビーは息をのんだ。

男の子二人はまっしぐらにセルギオスのもとへ飛んでいき、懸命に彼の注意を引こうとした。そのいたいけな姿に、ビーは胸を締めつけられた。

パリスは男同士の話題にふさわしい蟹《かに》とか鮫《さめ》とか釣りの話をまくしたてた。ビーはセルギオスに群がらないようミロとエレニの手を引き、穏やかな波打ち際で遊ばせた。パリスが砂の城をつくりはじめると、ミロも兄のもとへ走っていった。

セルギオスがビーのそばにやってきた。

「三十二分、経過したところよ」ビーは彼が約束の時間より早く切り上げるのを心配して釘《くぎ》を刺した。

端整かつセクシーな口もとに感心したような笑みがよぎる。「あいにくストップウォッチまでは持っていない」

「あなたのお父さまはどうなさったの？」ビーは思いきって尋ねた。

海を見やるセルギオスの目が険しくなる。「レーサーの試験を受けている最中に死んだ。二十二歳だった」

「一度も会ったことはなかったの？」

「ああ。だが、父が生きていたとしても僕にかかわろうとはしなかっただろう」セルギオスはあからさまな侮蔑をこめて言った。「僕の母はまだ十代で、ネクタリオスの会社で受付をしていた。父が出勤するのはごくまれだったが、その少ない機会に母を身ごもらせた」

「お母さまはお父さまにあなたのことを言わなかったの？」

「父は母からの電話に出ず、それどころか、直接会おうとした母を解雇した。母は自分にどんな権利があるかも知らず、支えてくれる家族もいなかった。父は自分が父親になる気はさらさらなかったんだ」

「若い身空でシングルマザーとして生きていくのは大変な苦労だったでしょうね」

「母は妊娠中に糖尿病を患い、僕を産んでからはずっと病気がちだった。二人が生きていくために僕は盗みを働いた。十四歳になるころにはベテランの車泥棒になっていたよ」

「それから……ここに……」ビーは森の向こうの豪邸とネクタリオスが所有する島に向けて両手を広げた。「あなたにとっては劇的な変化だったでしょうね」

「ネクタリオスはとても辛抱強かった。僕より祖父のほうが大変だったと思う。祖父に雇われたとき、僕はろくな教育も受けておらず、ひたすら母の死を恨み、獣みたいに粗暴だった。だが、祖父は決して僕を見捨てなかった」

「あなたはおじいさまが時間を投資する価値のある人物だったのよ。あなたが会うことのなかったお父さまよりもね」

セルギオスは、日に照らされた顔に驚いたような表情を浮かべ、まじまじとビーを見た。「若いころの犯罪歴を話したあとで、そんなふうに僕を評価してくれたのは君だけだよ、僕の奥さん《イネカ・ムー》」

赤面したビーは、バケツを持ったミロが海に近づくのを見て駆けだした。しかし、小さな波に足を取られてよろめくミロをすくい上げたのは背後から飛び出したセルギオスだった。高く抱え上げられて歓声をあげたミロを、彼はそっと砂浜に下ろした。

静かにしているエレニのそばでビーが敷物を広げると、いきなりセルギオスがそこに体を投げ出した。膝をついたビーの栗《くり》色の髪をつかんで顔を上げさせ、卵形の顔をのぞきこむ。ビーは顔をしかめ、困惑して見返した。「私に何を求めているの？」

「今かい？」セルギオスの荒々しい笑い声が、こわばったビーの背筋を震わせた。「君が与えてくれるものならなんでも。まだわからないのか？」

セルギオスの唇がビーの唇に重なる。彼のあからさまな欲望がビーの全身の細胞に火をつけた。渇望が手に負えない炎のように燃え盛り、その激しさにおののいて、彼女はセルギオスを突き飛ばした。それから、とっさに彼の背後に視線を走らせて子どもたちの様子をうかがった。二人を見ていたパリスが恥ずかしそうに顔をそむけたが、恥ずかしいのはビーのほうだった。

セルギオスが片方の肘をついた。片足を立てているものの、デニムの下の興奮は隠しきれない。地獄の業火にあぶられているように体が熱くなり、ビーは彼から視線を引きはがして再び子どもたちのほうを見やった。

「今のあなたは私しか相手にできないから、単に利用しようとしているだけよ」ビーは小声で指摘した。

セルギオスはビーの腕に指先を走らせた。しぶしぶ振り返った彼女の目と視線が合う。「僕がそんなに飢えているように見えるか？」

ビーはふっくらした唇を引き結んだ。「〝飢えている〟とは言ってないわ」

「僕はいつだってこの島を出ていける。かゆいところを優しくかいてもらうことくらい造作もない」

「幸せな結婚生活を送っているとおじいさまに信じさせたいなら、それもできないでしょう」

「仕事上のトラブルをでっちあげて出かければ、なんの問題もない」セルギオスはのんびりとした口調で反論した。「君の場合、自分の魅力に対する自己評価が驚くほど低いようだな」

「現実的な評価をしているにすぎないわ。男性にもてはやされた経験はないもの」ビーはさらりと認めた。「ジョンとはしばらくつき合ったけれど、介護の必要な母から私が離れられないのを知って去ったわ」

「それから裕福な判事の娘と結婚した。彼は野心家で、弱者に同情するタイプじゃない」

セルギオスの言葉に、ビーは彼がどれほど事情に通じているか思い知った。人を雇ってこそこそ嗅ぎまわらせたことが不快だった。

「そんな男が今ごろになって子ども向けの慈善事業の代表として君に近づくのは妙だと思わないか？」

ジョンの行為はご都合主義だとほのめかす言葉をビーは無視した。セルギオスの尺度で人を判断するつもりはない。「いいえ。あなたの妻という立場が慈善事業に役に立つというだけの話でしょう」

「僕の元妻ということになれば、もっと用途が広がるだろうな。ジョンにとって君は別世界へのパスポートになる」

「私はそんなに愚かじゃないわ」

「愚かではないが、世間知らずでだまされやすい」セルギオスはおもしろそうに彼女を眺めた。「なんといってもあれほど警告されたのに、僕と結婚したんだからな」

「あなたが私に敬意を払ってくれるなら、私もそうするわ。私は嘘《うそ》をついたり人をだましたりしないし、誰かに操られるのはいやなの」

セルギオスは声を出して朗らかに笑った。「そして僕は人を操るのが恐ろしくうまい」

「そうね」ビーは真顔で同意した。「あなたは私を操ってベッドに引きずりこんだ。でもそこまでよ」

セルギオスのカールのかかったまつげが美しい目を半ば隠した。「それはもったいないと思うよ、ベアトリス。せっかくチャンスもあり、相性だって抜群――」

「お言葉を返すようだけど」ビーは甘い口調で遮った。「そんなの、たわごとよ。私とベッドを共有したがるのは、おじいさまの前で本物の夫婦に見せたいからでしょう。おじいさまはすてきな方だけれど、そこまでして喜ばせようとは思わないわ」

「君に僕を欲しがらせてみせる」口調こそなめらか

だが、声音には男としての自信がみなぎっていた。まなざしは険しく、力強い頬骨は抑えた怒りでこわばっている。

「一時的に正気を失わせるだけよ。続かないわ」彼がついさっき見せたほほ笑みと笑い声を惜しみながら言い返したとき、ビーはふと別の危険性に気づき、不安に駆られた。

この人の魅力にはあらがえない。簡単にとりこになってしまう。セルギオスは見た目がゴージャスなだけでなく、強烈なカリスマ性もある。そして良心の呵責《かしゃく》というものがない。もし私が許せば、彼は私を利用しつくしたあげく、なんのためらいもなく捨てるだろう。そうなったら、私はどうなるの？　愛してもくれず、ほかの女性と浮気を繰り返す男性に恋い焦がれることになるの？　ビーはぞっとし、そのおかげで彼を前にして速くなっていた鼓動がおさまった。

ていた息を吐き出した。セルギオスが飛び起きてパリスに離れたところで遊ぶように言った。ビーは緊張が解けてほっとし、ボールをパリスに投げ返した。それから、貝を拾っているエレニを連れてボール遊びに加わった。

セルギオスは、ビーが本物の妻になることをいとも簡単に拒否したことも、子どもたちを盾にして逃げたことも、気に入らなかった。どんな手を使っても彼を祭壇の前に立たせようとして失敗した数えきれない女性たちの姿が脳裏をよぎる。彼女たちとは違って、ビーは彼が提供しようというものに対し、ベッドの中であれ外であれ少しも心を動かさない。値札のついていないものに価値を置く女性にはお手上げだ。僕には気持ちだとか、誠実さだとか……バージンだとかは関係ない。基本的に女性はみな同じで、経済力が関係を円滑に運んだし、女性の好みというのも特になかった。そのおかげで最初の結婚のあとから今日に至るまで無事に過ごしてこられたのだ。だが、ベアトリス・ブレイクにはまったく通用しなかった。彼女はあれほどおとなしく見えて、実は特異な女性らしい。

使用人がビーチに下りてきてセルギオスに大事な電話が入っていると告げた。彼が去ったあとにほかのものでは埋められない空白が残ったことを、ビーは考えまいとした。セルギオス・デモニデスほどの並外れた個性を持つ男性に気を取られないようにするのは不可能だ。

夕方近くになって、くたくたになった二人の男の子と、同じように疲れてむずかる女の子を連れて、ビーは砂浜から引き上げた。濡《ぬ》れて砂にまみれた彼女の肌は、しっかり日焼け止めを塗っていたにもかかわらず、薄紅色に焼けていた。

エレニに食事をさせたあと、ビーはしばらく女の子を抱っこしながら二人の子守《ナニー》と近々予定されている手術について話をした。手術が成功してエレニの聴力がよくなることをビーは期待していた。

ディナーの前にシャワーを浴びて着替えようと、ビーは子ども部屋を出た。寝室に入るとベッドの上に彼女のサイズに合わせたデザイナーズ・ブランドのネグリジェが入った箱が並んでいた。男性が喜びそうな露出度の高いものばかりで、着心地だけで選ぶビーのネグリジェとは大違いだった。ビーはこんなものを注文するセルギオスの傲慢さが信じられなかった。同時に、彼の意志の強さを思い知らされた気がした。シャワーを浴びてローブを羽織って寝室に戻ると、セルギオスがいた。寝室を共有することでプライバシーがなくなったことに気づき、ビーは身構えた。前がはだけないようにローブのひもをしっかりと結び、夫を見やった。

「ベッドの上のネグリジェは私のために注文してく

れたのかしら?」

「ああ。それがどうかしたか?」

「私の趣味じゃないわ」

セルギオスは肩をすくめた。「祖父が家に戻ると言っている」

「住めなくなったんじゃなかったの?」

「部屋が二つばかりだめになっただけだ。僕たちをチェックするための口実だったに違いない」セルギオスはうんざりとした表情を浮かべた。「子どもたちとナニーも連れていくと言っている」

ビーははっと顔を上げた。グリーンの目に驚きととまどいが浮かぶ。「どうしてみんなを連れていくの?」

「ハネムーンに子どもがうろちょろしているのを好む新婚夫婦はめったにいないからだ」セルギオスは感情を抑えて説明した。「騒ぎ立てないでくれ。親切心からするのだし、なんといっても彼は子どもたちの曽祖父だからな」

「それはわかっているわ、でも——」

「反論は許さない」セルギオスは鋭く遮った。「もう決まったことだ。僕たちが反対したら、祖父が変に思う」

ビーは自分の知らないところで決められた段取りに驚きを隠せなかった。子どもたちの母親となるための結婚だったはずなのに、セルギオスの意向にそわなければ母親としての感情を持つことも許されないらしい。「けれど、子どもたちはようやく私に慣れてきたところなのよ。そんなふうに、たらいまわしにされたら情緒不安定になるわ」

「その気があるなら、毎日会いに行けばいい」彼の頑固そうな口もとがゆがんだ。「君は僕の妻だ。そろそろそれらしく振る舞ってほしい」

ビーは悪さをたしなめられたように赤面したものの、はらわたが煮えくり返っていた。「それはご命令ですか、ご主人さま？」

「いや——そうだ、命令だ」セルギオスはきっぱりと言い渡した。「物事をシンプルにしよう。僕は僕の欲するものを言い、君はそれに従う」

傲慢な言葉が耳にこびりついたまま、ビーは寝室に逃げこんで化粧に取りかかった。バスローブ一枚の状態であれこれ指図されるのは落ち着かなかった。とはいえ、もともと人にうるさく命令されるのは好きではない。ビーはセルギオスに腹が立ってならなかった。母親として振る舞うように言っておきながら、自分の都合に合わなくなったらとたんにその権利を取り上げるとは。妻らしく振る舞えですって？実際にそうしたら、彼は気にくわないに違いない。妻というものは夫にあれこれ要求するものなのだから。

8

使用人たちの前で新婚の優しい夫を演じる気分ではなかったと見えて、セルギオスはビーがすでに半分食事を終えたところでディナーの席に現れた。一緒に食事をしていても重苦しい沈黙が黒板をチョークで引っかいたような不快な音となってビーの耳を打ち続けた。

「君がすねるタイプだとは思わなかったよ」

「あなたに声を荒らげてもよろしいのでしょうか、ご主人さま？」

「いいかげん、その〝ご主人さま〟はやめろ」セルギオスはいらだたしげに命じた。

食欲が失《う》せ、ビーは料理の皿を押しやった。

「明日の朝、セーリングに連れていってやろう」自分の配慮に拍手喝采を期待しているような態度でセルギオスは宣言した。

「まあ、ありがたいわ」ビーは物憂げに応じた。

「今週中にコルフ島へ買い物にも連れていってやるよ」

「買い物は好きじゃないの。行かなくちゃだめ?」

再び沈黙が垂れこめた。

しばらくしてセルギオスはデザートを前にぶっきらぼうに言った。「結婚した当初は、分別のある合理的な女性だと思ったのに」

「プラトニックな結婚を望んでいるというあなたの言葉を、私は信じた。私には人を見る目がなかったようね」

「こんなふうに角を突き合わせていて、円満だとお母さんをだませると思っているのか?」

痛いところをつかれ、ビーは青ざめた。

「今夜は帰りを待たなくていい」セルギオスも、ほとんど手をつけていない皿を押しやった。「先月、島の議員の座を祖父から引き継いだ。その会合がある。終わったら酒席に顔を出す」

二人のあいだの問題をほったらかしにして出ていった夫に腹を立て、ビーは母に電話をしてどんなに幸せかという真っ赤な嘘《うそ》を並べたてた。それから本でも読んで気を静めようと努力したが、徒労に終わった。十時を過ぎても少しも眠くならず、ビーは体を動かして緊張をほぐすことにした。

彼女の要望で家のジムにはポールが設置されている。これで何をするつもりだというセルギオスの揶揄《やゆ》は無視した。世の多くの人と同じく、ポール・ダンスはいかがわしいクラブのストリップダンサーがする踊りだと思っているのだろう。伸縮自在のショートパンツとおなかの出る丈の短いクロップトップを身につけ、簡単な準備運動をしてからビーは音楽をかけた。

同じころ、セルギオスは帰途に就いていた。一車線の道路を車で走りながら、懸命にいい出来事を思い浮かべて気を取り直そうと努める。残念ながら、二杯の酒も、島の議員たちに新婚生活をさんざん冷やかされたことも、不快な気分をやわらげてはくれなかった。

結婚しているということはそれ自体が難儀なことなのだと、彼は改めて自分に言い聞かせた。他人と一緒に生活するのは難しい。それは身に染みて知っている。だからこそ長いあいだ自由を何より大事にしてきたのだ。かつて自由を失ったときの教訓は心に深く刻まれている。自分の過ちは決して忘れられないし、許すこともできない。ビーが実の子でもない子どもたちを心からかわいがっていることに感謝するべきだ。それはわかっている。突然帰宅しても常軌を逸したパーティに遭遇する心配がないことに感謝しなくてはいけないことも……。

だが、居間に入ったセルギオスは、ビーが起きて待っていなかったことに不快感を覚えた。夫の心理状態と二人の結婚の行く末が心配じゃないのか？ 彼はふと、ビーに妻らしい振る舞いを求めていたことに気づいて驚いた。妻がさっさと休んだことにいらだっている自分に。セルギオスは愕然《がくぜん》とした。自分でももはや何を考えているかわからないのに、僕が彼女に何を求めているかわからずにビーが混乱するのは当たり前だ。

ビーの姿は寝室にもなかった。寝間着姿のアンドローラが不機嫌そうに彼の問いに答え、奥さまはジムにいらっしゃいます、と言った。ネクタイとジャケットを取り、音楽の聞こえるほうに向かったセルギオスは、ジムのドアについたガラス窓をのぞきこんで唖然《あぜん》とした。

ビーがポールに逆さまにぶらさがっている。彼がジムの中に足を踏み入れるころには、逆立ちでポールをぐるぐるまわっていた。その脚を大きく開いた動きは実に刺激的だった。人前では決して披露してほしくない。驚くばかりの身体能力を発揮し、ビーはアクロバットのような動きを続けた。

普段控えめで落ち着いた女性の大胆な姿はいっそう刺激的でそそられた。爪先を伸ばして蹴りあげる形のいい脚と丸みを帯びた魅力的なヒップが躍動している。この際、ショーを存分に楽しもうじゃないか、とセルギオスは胸の内でつぶやいた。ポールに添って体をくねらせ、豊満な胸を突き出し、操り人形のようにヒップを動かす妻に、彼の下腹部は張りつめた。彼女がポールの下の床をなまめかしく転がりはじめるころには、もはや限界だった。

「ベアトリス？」セルギオスはかすれた声で呼びかけた。

ビーははっとして慌てて体を起こした。どれくらい前から見ていたのかしら？　黒い目がじっとこちらに向けられている。ドアのそばに立つセルギオスは圧倒されるほど男らしい。ビーはタオルを取って顔の汗をふき、音楽を止めた。

「いつ帰ったの？」

「十分ほど前だ。今のダンスは何年くらい続けているんだ？」

「三年になるかしら」ビーはまだ少し息を乱しながら彼に近づいた。「ほかのエクササイズのクラスよりおもしろかったから」

セルギオスは欲望に目をけぶらせ、ビーの口に熱い唇を押しつけた。

長く激しいキスに、ビーは頭がぼうっとなった。強烈な彼の高まりを腹部に感じ、すさまじい欲望が全身に広がっていく。

「君が……欲しい」セルギオスは息も絶え絶えにささやいた。「この結婚を本物にしよう」

驚いて体を引こうとするビーの背中を腕で押さえ、セルギオスは妻を廊下へと促した。

「よく考えないと」めまいがしそうなほどの力強いキスから自分を取り戻そうとビーは必死だった。

「いや、僕は直感を信じる。僕たちは考えすぎていた」セルギオスは自信たっぷりに言い放った。「自分の行動をいちいち思い悩み、落とし穴にはまるまいと常に身構えているのはよくない。自然の流れの中で起こることもある」

セルギオスは寝室のドアを開け、再び荒々しく唇を重ねた。柔らかな口の中を探られ、ビーの体の奥で激しい連鎖反応が生じた。これが自然の流れの中で起こることだと言っているのね。しかし、ビーにしてみれば、体ががたがた震えてまともにものを考えられない状態はとうてい自然とは思えなかった。

セルギオスの情熱はビーに正気を失わせ、彼女の体の中ではそれに応えようと熱い渦が生じていた。


二人はひしと抱き合ったままベッドに倒れこんだ。セルギオスは満足げに喉を鳴らし、両の手で彼女のスパンデックスに包まれた曲線をなでた。

「君が踊っているところをほかの誰にも見せたくない」セルギオスはきっぱりと言った。「セクシーすぎるから」

「純粋に体を鍛えるためのエクササイズよ」

「だが、信じられないほど扇情的だ」セルギオスはじれったそうに彼女のショートパンツを下ろしながら反論した。

「本当にもっとよく話し合わなくちゃ」ビーは不安げに訴えた。

セルギオスの端整な口もとに魅力的な笑みが宿った。「話し合いはいらない……もう死ぬほど話し合ったよ」

彼の笑顔を見て、ビーは伸び上がってキスをした。指先で固い頬骨をなで、なめらかな黒髪にこれまでになく大胆に手を差し入れた。愛し合えば、セルギオスは私のものになる。自分にあるとは思っていなかった強烈な欲望とともにビーは全身でそれを欲した。彼女はセルギオスのシャツのボタンを外して肩から外した。ビーの性急さを笑いながら彼はシャツをほうり投げ、立ち上がって残りの服をすばやく脱いだ。たくましい興奮のあかしがあらわになるや、ビーも欲望を駆りたてられ、早くも彼を迎える用意ができていた。

セルギオスはビーのクロップトップとスポーツ・ブラをはぎ取った。うなり声をあげて彼がなめらかな胸のふくらみをつかみ、とがったピンク色の頂を舌で転がすと、ビーはわなないた。

「完璧だ」セルギオスがささやく。

脚の付け根を覆う布地をセルギオスの指がかいくぐり、ビーの繊細な部分に触れた。下腹部が熱く潤うのを感じ、ビーは身をくねらせた。そしてショーツを取ろうとする彼に協力して腰を浮かせた。

セルギオスはもだえる彼女の体にキスを浴びせながら唇を下へと移していき、やがて最も敏感な部分にたどり着いた。手と舌を巧みに使い、甘美な拷問を与える。ビーはそれと懸命に闘った。

自制心が残っていたら、ビーはその拷問から必死に逃れようとしていただろう。実際には彼女は彼の愛撫《あいぶ》に身を任せ、浅いあえぎを繰り返しながら夢中でヒップを上下させていた。絶頂に差しかかったとき、セルギオスが覆いかぶさり、なめらかに侵入してきた。鮮烈な痛みが走り、完全に彼とひとつになるまでビーはあえぎ続けた。しかし違和感は速やかに引いていき、熱い彼の高まりがビーの欲望を再び目覚めさせた。

「すまない」謝りながらセルギオスは深い満足のため息をもらした。「できる限り慎重にしたつもりなんだが」

「いいの」ビーは陶然となってつぶやいた。そして情熱の赴くままにヒップを浮かせて彼を深く迎え入れようとした。

「君はぴたりと僕を包んでくれる」セルギオスは素直に喜びを表現した。腰を上下させて待つ彼女に再び深く侵入し、新たな興奮を引き起こす。

喉に息をつまらせ、こみあげる欲望に鼓動をとどろかせながら、ビーは目を閉じ、自分の中に感じる彼の存在を堪能した。速さを増すセルギオスの巧みなリズムが、時を超越した官能と喜びの世界へ彼女を放りこむ。興奮に我を忘れ、気づいたときには二人の重なり合った部分に嵐さながらに渦巻く甘美な快感しか存在しなかった。ほどなくビーは爆発的なクライマックスを迎え、えもいわれぬ快感に身をゆだねてのぼりつめた。

セルギオスもまた、人生で最も長く、最も激しい絶頂を味わい、限りない充足感とともに自らを解き放った。

ところが、ビーが腕をまわして引き寄せようとすると、セルギオスは重みを除こうとするかのように体を引き、彼女の隣に横たわった。これほど親密な瞬間に体を離されるとは思いもよらず、ビーは面食らった。

「信じられないほどよかったよ、僕の奥さん《イネカ・ムー》」セルギオスは余韻に浸りつつ、不足していた空気を胸いっぱいに吸いこんだ。「ありがとう」

ありがとう? ビーは礼儀正しい感謝の言葉にとまどい、目をしばたたいた。彼の手を握ってたくましい体にすり寄り、筋肉質の胸に手を広げる。ビーが触れたとたん、彼は身をこわばらせた。

「妙に思うかもしれないが、寄り添って寝るというのが僕は苦手なんだ、かわいい人《グリキア・ムー》」

「今から覚えても遅くないわ」ビーはうっとりと返した。今起こったことにまだ混乱しながらも、二人の関係が大きく前進したのを感じ、ビーは幸せだった。「さっきあなたは、私の流儀に反する行動をとらせたのよ」

ベアトリスの言うことはいちいちもっともだ。セルギオスはそう思いながらも口には出さなかった。その代わり、上気した彼女の顔を探るように見つめた。「まだ痛むかい？」

ビーはわずかに腰を動かし、顔をしかめた。「ちょっとね」

「悪かった」口もとをゆがめ、セルギオスはいかにもすまなそうに言った。「すぐまた君が欲しいくらいだが、明日まで待つよ」

「避妊具を使わなかったでしょう」ビーは彼が避妊を忘れたことに驚いていた。

「病気はないから、安心してくれ。定期的に検査を受けているんだ。避妊に関しては今回だけは大目に見てほしい。ここに避妊具は置いていないんだ。自宅に女性は連れてこない。これまで一度も連れてきたことはない」

尋ねたいことが山ほどあったが、ビーはぐっとこらえた。部屋もベッドもほかの女性に使われたことがないとわかり、うれしかった。それでも、彼の最初の妻についてはききたいことがたくさんあった。家の中にクリスタの痕跡はまったくない。写真一枚さえ。愛人の件もあるし、今後自分たちの関係がどうなるのか、ビーは知りたかった。けれど、頑《かたく》なに自由と秘密を守り通してきた男性に厄介な質問をぶつけるのは時期尚早というものだ。ひと晩で人は変わったりしない。

この結婚を本物にしよう――彼はジムでそう言った。本気だったのかしら？　それとも私のダンスに刺激されて判断を誤ったの？　私がそう言ってほしいだろうと思ったことを口にしただけかもしれない。ビーは不安に駆られたが、本当にこの結婚を真剣に考えているか問うのはみじめったらしい気がして、できなかった。疑いを口にすれば、いちばん恐れていることを招くような気がしてならなかった。

「誰にも見られずにエクササイズができるように、ポールは寝室に移させる」突然、セルギオスが物憂げに言った。

ビーは自分の耳が信じられなかった。セルギオスがまだその件にこだわっていることが意外だった。踊っている姿を誰にも見せたくないと言っていたのは冗談ではなかったらしい。「あなたがそんなにお堅い人だとは思わなかったわ」

「君は僕の妻だ、ベアトリス」釘《くぎ》を刺すように言うセルギオスの顔はこわばっていた。彼女に〝妻〟という肩書を与えるのが苦痛であるかのように。

ビーは褐色のハンサムな顔を見上げた。ついに体を重ねてしまったことを気にかけているのが見て取れる。彼は、本当はどう思っているのかしら？　ビーはまつげを伏せた。自分にはどうにもできないことで悩むのはやめよう。セルギオスと暮らすのはジェットコースターに乗っているようなものだ。彼は何も言わずに悶々《もんもん》と悩むタイプではない。いずれ彼の本心はわかるだろう。

「今夜は帰りが遅くなる」セルギオスはベッドの上に起き上がった。ビーが無意識に引き止めようと伸ばした手を彼は一瞬ためらったすえに握った。

まだ朝の早い時間で、ビーは寝ぼけまなこでぼんやりとセルギオスを観察した。彼の手のぬくもりと自分を見つめる金色の瞳に喜びを感じつつも、その顔に刻まれた陰鬱な表情に気づいた。「なぜ？」

「クリスタの命日なんだ。いつも彼女の両親と一緒に追悼会に出席して、そのあと食事をすることになっている」セルギオスは冷たく感情のない声で説明した。

結婚して六週間になるのに、一度も最初の妻のことを口にしなかった彼の言葉に、ビーは不意をつかれて動揺した。うなずいてから改めて夫を見ると、地味な黒のスーツを着ていた。

「毎年の恒例行事だ」セルギオスは気まずそうに肩をすくめた。「心待ちにするようなイベントではないが」

追悼会は故人の人生をたたえる機会だと言う人もいるわ。だが、ビーはその言葉をのみこんだ。「私も一緒に行ったほうがいいかしら？」どうするべきか彼女には判断がつかなかった。

「気を遣ってもらってありがたいが、クリスタの両親は喜ばないかもしれない。クリスタはひとり娘だった。彼女の両親は僕の人生だけが前に進んでいることを目の当たりにしたくない気がする」こわばった口もとからは厳格な自制心がうかがえた。それは彼の性格の特質のひとつだった。

夫の気持ちがつかめず、ビーはその日一日、頭を悩ませ続けた。セルギオスに夢中なのだから、彼が何を考えているのか気になるのは当たり前だけれど。

確かにベッドでの二人の相性は最高だったが、ビーの心の奥のもっと深い感情を目覚めさせたのはそれではなかった。セルギオスの行動の原理を理解しようと努めるうちに、彼女は心の底から彼に夢中になっていた。夫が出張で不在のときは体が半分もぎ取られた気がする。しばしば振りまわされるカリスマがいないとき、彼女は恋患いに苦しむ思春期の女の子のように電話をにらみつけて彼からの連絡を待っていた。セルギオスが帰宅するまでの時間を指折り数え、帰ってきたら彼が山猫のように喉を鳴らすまで夢中でキスをする。まるで昔からそこにいたように、セルギオスは常にビーの心の中にいた。タフで、頑固で、癪《しゃく》に障るほど予測不能な彼が。

彼を愛するようになって、ビーはセルギオスの弱さにも気づいた。子どもたちへの接し方がわからないのは、母親の病気のせいで無邪気な子ども時代を過ごせなかったからだ。ビーも似た生い立ちだが、彼女の場合、介護の重荷は母の深い愛情によってずいぶん軽減された。一方、年若くあまりに未熟だったセルギオスの母は、息子が自分の人生と健康に与えた影響の悪い面を恨んでいたのかもしれない。いずれにせよ、セルギオスが少年時代、生きていくのに必要な愛情と支えを得られなかったのは確かだ。

数日間、湾の反対側の曽祖父の家で過ごしただけで、子どもたちはビーとセルギオスに会いたいと訴えだした。それも当然と、三人は本来の彼らの家に戻された。

以来、ビーに助けられながら、セルギオスはいとこの遺児たちと過ごす時間を増やした。子どもたちをより深く理解することで、もはやミロに飛びつかれても固まることなく、エレニが彼に向かって手を広げても居心地悪そうに目をそらすこともなくなった。子どもたちとのあいだに、きずなが生まれたようだ。パリスはセルギオスに相談事を持ちこみ、ミロはボールを持ってくる。セルギオスが恐る恐る近づくと、エレニはにっこり笑いかけるようになった。彼は子どもたちの愛情をどう受け止め、どう応えたらいいか、徐々に理解しはじめていた。

初めての愛の営みで妊娠しなかったしるしが訪れ、ビーはほっとしていた。予定外の妊娠はこの結婚に悲惨な結果をもたらすだろう。父親になるかどうか、セルギオスは自分で決めるタイプだ。ところが、妊娠の心配がなくなったと告げると、セルギオスは肩をすくめた。

〝心配などしていなかった〟セルギオスはきっぱりと言った。〝妊娠していたらそれなりに対応していただけの話だ〟

だがビーは、彼が単に対応するだけでは満足できなかっただろう。ビーが欲しいのは、自分の子を産んでほしいと心から願う男性との子どもだった。たまたま妊娠したから精いっぱいのことをするとか、子どもが欲しいなら産んでもいいと許可するとか、そういうことを求めているのではない。ビーとのあいだに自分の子どもが欲しいという願望を、セルギオスに持ってほしかった。

島に来て数週間、三人の子どもの世話だけをしていたわけではなかった。ビーは先のことをあれこれ思い悩むのをやめ、今の時間を楽しむことに決めた。その点、セルギオスは楽しむ手段を驚くほど用意してくれた。彼はビーの母が住むことになる敷地内に建てた平屋を得意げに案内した。家には車椅子での生活がしやすい工夫が完璧に施されていた。厳選した候補のリストの中からエミリアが選ぶ介護人は毎日、介助に通うことになっていた。ビーは、美しい港の景色を望む日当たりのいいテラスでお茶を楽しむ母の顔を見るのが待ち遠しかった。

コルフ島にもセルギオスと一緒に一週間ほど滞在した。にぎやかな通りには洗練されたイタリア風の建物が並び、ビーはしゃれたお店や美術品の工房に夢中になった。あるとき、人ごみの中でビーを一瞬見失ったセルギオスは、その日一日彼女の手をしっかりと握っていた。彼はビーに美しい銀のイコンを買い、リストン通りのカフェで飲み物を飲んだ。アーケードの建物はパリのリボリ通りを模したものだった。宿泊しているホテルに戻るころにはビーはほろ酔い加減でけらけら笑い、セルギオスは明け方に彼女が腕の中で眠りに落ちるまで情熱的に愛した。ビーが目を覚ますと、一日が始まる前に仕事を片づけようとパソコンに向かうセルギオスの姿があった。その魔法のような瞬間、ビーは彼を愛していることを悟った。

こんなふうに人を愛することがあるなんて。セルギオスの長所も短所もすべてがいとしい。

二人はオレストス島の内外に数えきれないほど出かけた。セルギオスは島をくまなく案内し、ビーを泳ぎやセーリングやシュノーケリングに連れ出した。可能な限り子どもたちも連れていった。セルギオスは、ビーが彼と張り合える体力を持っていることを喜んだ。一方、ビーは彼が砂の城造りや釣りが上手なこと、アイスクリームに目がないことを知った。出張から帰ったセルギオスをビーと子どもたちが出迎えると、彼はとてもうれしそうに笑った。ビーはセルギオスの心の奥底にある孤独の深淵《しんえん》を埋めたいと切に願った。

クリスタの追悼会が夫にとってどんな意味があるのか気がかりで、ビーはその日の午後、ずっとそわそわしていた。そんなとき、ジョン・タウンゼントから携帯電話にメールが届いた。ビーがギリシアに着いてからというもの、彼は頻繁に連絡をよこす。ビーはため息を押し殺した。元恋人は彼のかかわる慈善事業に関するおびただしい資料を送りつけてきて、彼女が近々イギリスを訪れる際にぜひ打ち合わせをと熱望していた。

天気がよかったので、ビーはいつものように車ではなく、歩いて町なかの幼児サークルにミロを迎えに行くことにした。だが、ミロを引き取るころには夏の日差しが強烈に照りつけ、海岸沿いの道を延々と歩いてきたことは賢明とは思えなくなっていた。とりわけ帰りも歩いていくしかなくなった今は。彼女に比べ、ミロはジャンプしたりスキップしたりと元気いっぱいだった。

パラソルの下でエレニが眠っているベビーカーを押して町の広場を通りかかると、小さなレストランの外のテーブルからネクタリオスが手を振った。色あせたキャップをかぶった彼が、半ば引退したとはいえいまだにビジネス界の重鎮だと気づくのは、地元の住人だけだろう。ビーは服装から判断して港につないである小型のヨットでセーリングをしてきたのだろうと推測しながら、道路を横切った。

「こんなところで何をしているんだ？　しかも歩きで」ネクタリオスは怪訝《けげん》そうな顔つきで椅子を押し出し、指を鳴らして店主を呼んだ。

「ミロを幼児サークルに迎えに行ったんです。家を出たときはそれほど暑そうには見えなかったので歩いてきたのですが……」

「私の迎えが十分ほどで来る。送っていくよ」そう言ってからネクタリオスはビーと子どもたちの飲み物を注文した。ミロが膝の上によじのぼって老人のキャップを取ってかぶっても、好きなようにさせている。やがてミロはキャップをフリスビー代わりにして遊びはじめた。

テラスの脇のプラタナスがつくりだす涼しい木陰で休んでいるあいだ、何人もの通りすがりの人がネクタリオスに話しかけてきた。ビーは日一日とギリシア語がわかるようになり、釣りや結婚式、洗礼式という話題のところどころは理解できた。明日ビーはロンドンに発《た》ち、エレニに耳の手術を受けさせて、帰国する際に母を連れてくることになっていた。

吸い口のついたカップでエレニに飲み物を飲ませているとき、周囲が騒がしくなった。視線を上げると、彫像を思わせるブロンドの女性が広場を歩いていた。体にぴったりしたシンプルな白いワンピースに身を包んでいる。男性をほぼ例外なくとりこにするヒップを揺らした歩き方には、自信と押しの強さが表れていた。あたりの男性はみな、彼女に賞賛のまなざしを向けた。

「あの方は？」

ビーが尋ねると、ネクタリオスは急に黙りこんだ。

「観光客かしら？」

女性は大きな目をまっすぐビーたちのほうへ向け、

赤い口紅を塗った唇にセクシーな笑みを宿した。そしてあからさまな好奇のまなざしをビーに注いだ。

ネクタリオスは挨拶代わりにブロンドの女性にうなずいてみせた。「あれはメリタ・シアキスだ」

聞き覚えのあるファーストネームにビーは頬を打たれたような衝撃を受けた。それでも、ネクタリオスがひどく気まずそうな様子を見せなければ、ことさら気にすることはなかったに違いない。

「それで……どういう方ですか?」明らかに困っている相手にしつこく尋ねるのは心苦しかったが、尋ねずにいられなかった。

「アテネで活躍するファッションデザイナーだ。この島の生まれで、ここに家を持っている」

たちまちビーは胃がよじれるのを感じ、必死に吐き気をこらえた。額に汗が浮かび、手がじっとりと湿り気を帯びる。あのブロンド美人はセルギオスの愛人、メリタに違いない。彼女が現れてからのネクタリオスのばつの悪そうな態度がそれを証明している。メリタが同じ島にいると知って、ビーは動揺した。そんな可能性は考えもせず、無邪気にもオレストス島にいるあいだはセルギオスに浮気のチャンスはないと思いこんでいた。島の議員の集まりに出ると言って、彼は何度、夜間に外出しただろう? あるいは祖父の家を訪問すると言って。最近も何度かそんなことがあったが、なんの疑いも持たなかった。

私はばかみたいにおひとよしだったの?

「少々アドバイスをしてもいいかね?」

迎えの四輪駆動車が曲がりくねった道を砂ぼこりを上げながら岬にある屋敷に向かう途中、ネクタリオスが口を開いた。

ビーはとまどいの色を浮かべて老人のほうに顔を向けた。「ええ、ぜひお願いします」

「私の孫を追いつめないほうがいい。君たち二人のあいだにあるものに本人が気づく時間を与えなさい。

セルギオスの最初の結婚は不幸な結果に終わり、孫の心に深い傷を残したんだ」

ネクタリオスは旧世代の人間だった。男女は同等でなく、妻が夫の浮気をしかたがないと受け入れていた時代の男性だ。ビーにはそんな処世訓はない。自分が耐えられないものは許すことができなかった。妻とベッドをともにしながら夫がほかの女性とみだらな関係を持っているかもしれないと少しでも疑いを持ったら、何も言わずにいることなどできないと自覚していた。

まったく、〝おごれる者は久しからず〟ね。ビーは打ちのめされた。セルギオスに結婚生活をいいようにコントロールされていたという事実を、私は直視しなければならない。二人は最初に取り決めた結婚の条件について、再交渉はしなかった。真剣に話し合ったこともなく、どちらの側にも、同意も約束も存在しなかった。二カ月ものあいだ、二人はルールも境界線もなく成り行き任せで暮らしてきた。ビーはルールに拘束されているとセルギオスが感じるのを恐れていた。ゆっくりと進んでいけばいいと能天気に考えていた。夫をつなぎ止めておきたかったし、あからさまに彼に多くを要求した場合の危険を見通せないほど無分別でもなかった。

そして今、私は自分と愛人の両方を手にすることはできないと夫に明言しなかったことの代償を払っている。うまくやりおおせると踏めば、当然セルギオスは妻と愛人の両方を持とうとすることを予測できなかった自分が不思議でならない。夫の比類ない冷酷さは充分に承知していた。いついかなるときも彼は最高の結果を求める。自分の楽しみのためだけに人を操ることもある。

ビーは今までセルギオスを近くで見てきて彼の流儀を知り、その結果、自分がどう振る舞うべきかも知った。彼を愛しているが、打ち明けたことはない。

べたべたしたり、甘い言葉をささやいたりして、本当の感情を悟られることもなかった。セルギオスが二人の新しい関係を受け入れるための時間を喜んで与えようと思っていた。けれど、それには彼が誠実である限り、という条件がつく。

すでにセルギオスに裏切られたかもしれないと思うと、ビーは胸が張り裂けそうだった。現状ではセルギオスは主張しかねない。愛人を持つことを許可した最初の取り決めがまだ有効だと思っていた、と。彼は頭の回転が速い。強く問いただせば、醜い争いになるのは必至だ。

けれど、メリタ・シアキスの件はまったく別問題だ。彼女はこの島で生まれ育った女性だ。セルギオスはずっと昔から彼女を知っていたに違いない。しかもファッションデザイナーだという。どうりでセルギオスが妻の身なりにこだわるわけだ。メリタとセルギオスのあいだには考えたくないほど強い結びつきがある。メリタは個性的な魅力を持ち、セルギオスの旺盛な欲望をそそる扇情的でセクシーな女性だ。彼女はセルギオスの人生に自分が占める位置に自信を持っているように見える。臆するふうもなく平然と観察していた彼女の態度を思い出し、ビーは不安に駆られた。彼女はセルギオスが結婚しても平気らしい。あの絶対的な自信は何を意味しているのだろう？　セルギオスは私の夫となったあとも愛人との関係を続けていたの？

ネクタリオスから聞いたセルギオスの最初の結婚が不幸だったという事実に関しては、とっくにビーは推測がついていた。クリスタの写真がないこと、名前すら口にしないことを考えあわせれば、幸せな結婚とはほど遠いものだったとわかる。けれど、何度も機会があったにもかかわらず、セルギオスはまだ真実を打ち明けていない。

そうはいっても、とビーは懸命に自らに言い聞かせた。メリタ・シアキスを見かけて危険が自分の家のすぐそばに存在すると気づくまでは、私は確かに幸せに過ごしていた。初めて愛し合って以来、セルギオスは優しくしてくれた。けれど、彼がメリタとの関係で何を得ているか、私にわかるはずがない。彼が結婚前に、メリタは譲れない彼の人生の一部だと主張したことを考えても、あのブロンドの女性には自信を持つだけの充分な理由があるのだ。

本人は認めなくても、セルギオスがブロンドに弱いのは確かだ。ビーは苦々しい気分で寝室の鏡に映る焦茶色の巻き毛を眺め、ブロンドの自分を想像してみた。彼を喜ばせるために髪を染めるなんて悲しくない？　しかし、今の心の痛みと強烈な不安の中で、彼女は悲しいなんて言っていられないという気持ちになっていた。ロンドンですてきなブロンドに染めるのもいいかもしれない。

9

「もう寝ていると思ったよ」

その夜、セルギオスは十一時過ぎにヘリコプターで帰宅した。ネクタイは緩み、顎には無精髭《ひげ》が見え、印象的な目は疲労でくすんでいる。家に戻った安堵《あんど》感の大きさに、彼は我ながら驚いていた。

「今朝は早かったし、明日のロンドンへのフライトも早いからね」

ビーは驚いて彼の顔を見つめた。「一緒に行ってくれるの？」

「ほかでもないエレニの手術だぞ」セルギオスは眉根を寄せた。「行くのが当たり前だろう。行かないと思っていたのか？」

「ええ」
セルギオスが積極的に支えてくれようとしている
ことがうれしく、ビーはメリタが島内にいることを
持ち出したい衝動をこらえた。オレストス島に家と
親戚があるなら、メリタが島に来るのは当然で、夫
とは無関係かもしれない。それとも、これは希望的
観測かしら？ ビーは広々としたキッチンで簡単な
食事をつくった。料理が得意な彼女は深夜にわざわ
ざスタッフの手を煩わすまでもないと思った。
バスルームから腰にタオルを巻いて出てきたセル
ギオスは、彼女が用意した小さなテーブルについた。
濡《ぬ》れた黒髪と髭を剃《そ》った顔はさっきより元気そうに
見えた。
「大変だったみたいね？」ビーはおずおずと尋ねた。
「毎年そうさ」顔をしかめてそう言ったあとで、セ
ルギオスは不意に肩をすくめた。最初の結婚という
微妙な話題について黙っているのはもうよくないと
判断したようだ。「クリスタの両親の記憶にあるの
は、僕の知らない若い女性の姿だ。あるいは彼らが
話しているのは、彼らが持ちたいと願った想像上の
娘なのかもしれない。確かなのは、僕が三年間結婚
していた女性とは似ても似つかないということだ」
ビーは困惑した。「よくわからないわ……」
「クリスタは躁鬱《そううつ》病を患っていた。だが、薬をのむ
のをいやがった。副作用がいやだったらしい。僕は
結婚するまで知らなかった。正直に言うと、プロポ
ーズをしたとき、僕は彼女のことをほとんどわかっ
ていなかった」セルギオスは陰鬱な口調に刺《とげ》を含ま
せ、ゆっくりと打ち明けた。「僕は若く、そして愚
かだった」
「まあ……」彼が頑《かたく》なに口を閉ざして隠していた
最初の妻に関する真実に衝撃を受け、ビーは言葉を
失った。躁鬱病？ 深刻な病だけれど、きちんとし
た投薬と治療を受ければ症状を軽減できるはずだ。

「僕はのぼせあがって結婚を急いだ。夢に見た女性が自分のものになるなんて信じられなかった。だが、その夢は僕たち双方に不幸をもたらした」彼は暗い顔で歯をきしらせた。「薬を拒否されては、クリスタの情緒を安定させる有効な治療法はなかった。結婚生活の大半は、彼女は手のつけられない状態にあった。麻薬を服用し、パーティでばか騒ぎをしたあげく、酔っぱらって僕の車を運転して衝突事故を起こした。即死だったよ」

「なんて悲しいこと」ビーは心から同情し、胸を痛めた。「心からお気の毒に思うわ。そんな悲しい経験をして、しかもお子さんまでなくすなんて」

「僕の子じゃない。赤ん坊の父親は誰かわからないんだ」セルギオスの整った口もとがゆがんだ。「彼女が妊娠するかなり前から僕たちは寝室を別にしていたからね」

「もっと早く打ち明けてくれればよかったのに」最初の妻を愛していたというセルギオスの言葉にビーは傷ついていた。今までセルギオスは人を愛することを知らない人だと思いこんでいたからだ。それが間違いだったと知り、彼女のプライドはいちじるしく傷ついた。

「クリスタの死に僕は罪悪感を抱いていたんだ。彼女を救うためにもっと何かできたんじゃないかと」

「薬による治療が必要なことを本人が認めないのに、あなたに何ができたというの？」ビーは穏やかに諭し、ベッドに入って枕にもたれた。「ご両親は娘さんを説得できなかったの？」

「彼らにとってクリスタは目に入れても痛くないほどかわいいひとり娘だった。両親は娘の言いなりで、彼女の抱える問題の深刻さから目をそらした。最終的には娘の不幸を僕のせいにした」

悲惨な記憶に瞳を陰らせ、落ち着きなく歩きながら、セルギオスは最初の妻との結婚生活がどんなものだったか打ち明けた。

クリスタと住んでいたアテネのアパートメントに帰宅するとき、彼は毎回そこで何が待ち受けているかわからず、はらはらした。口論やののしり合いは日常茶飯事で、妻が深い鬱状態にあることもしばしばだった。クリスタは買い物からパーティに至るまで万事、常軌を逸していた。妻がほかの男とベッドの中にいて、処方薬よりも効くと思いこんでいる違法薬物を摂取して恍惚《こうこつ》となっているところに何度遭遇したことか。使用人は出ていき、友人は離れていった。家の中をめちゃくちゃにされ、高価な金品が盗まれた。

三年にわたって妻の面倒を見ているあいだ、セルギオスはまったく自分の人生をコントロールできず、当初はあった妻への愛も消えたという。

ビーはようやくセルギオスがビジネスライクの結婚に固執した理由を理解した。金銭以外は何も求められない結婚に。セルギオスは彼のすべてを最初の結婚に費やし、悲惨な結果に終わった。妻に裏切られて深い傷を負った彼に残されたのは、二度と誰にも深い感情を持ってはいけないという教訓だった。

「これで元妻の話をしなかった理由がわかっただろう」セルギオスは悲しげにつぶやき、ビーの隣に滑りこんだ。「僕が彼女を不幸にしてしまった」

「クリスタは病気だったのよ。不幸な出来事を彼女やあなたのせいにしてはいけないわ」ビーは優しくたしなめた。「あなたは精いっぱいのことをした。誰でもそうするしかなかったのよ」

セルギオスは考えこむような表情を浮かべて彼女の下唇を指でなぞった。「君はいつも正しいことを言い、人の気持ちを明るくする」

彼の指の感触に心が乱れ、鼓動が激しくなり、口の中がからからになる。ビーはぶっきらぼうに言った。「そう?」

「パリスに〝お母さんは天国にいるの?〟ときかれたとき、君はあの子の母親が無神論者だと知っていたのに、イエスと答えた。そうだろう?」

「最後には天国に召されたかもしれないでしょう」ビーは即座に答えた。「パリスはそれをとても心配していたわ。あの子を安心させたかったの」

「クリスタのことはもっと前に言うべきだったが、話したくなかったんだ。なぜか正しくないことのように思えた」

「今はその理由がわかるし、あなたが彼女の思い出を大事にしたいと思うのは当然よ」メリタの名が喉もとまで出かかっていた。しかし、疑惑や口論の種になりそうなことを持ち出して、ようやく通いはじめた気持ちを台なしにしたくなかった。今夜はクリスタのことを打ち明けてくれただけで充分だ。

「本当に優しくて、そつがないな……」セルギオスはビーの頬に息がかかるほど顔を寄せた。

彼の舌で唇をこじ開けられる。キスをされただけで、ビーは彼の力強く熱い体を切望した。

「ひとりくらいはそういう人がいないとね」ビーはかすれた声でからかった。

セルギオスの舌がビーの柔らかな口の内部を攻めはじめる。胸の頂がうずき、欲望がナイフのように彼女の体を切り裂いた。セルギオスはネグリジェを脱がせ、ビーの胸を両の手で包んでピンク色の頂を巧みに愛撫《あいぶ》した。そして体の下であえぎ声を聞きながら、彼女の秘めやかな部分を探りあて、充分に準備ができていることを知って満足げにほほ笑んだ。

ほどなくセルギオスは彼女の体の向きを変えさせてヒップを押さえ、ベルベットのような内部に侵入した。快感にうめきながらビーを引き寄せてゆっくりと動き、彼女を至福の境地へいざなう。リズミカルに攻めながら、彼はビーの最も感じやすい部分を指でこすった。

その瞬間、体の奥で熱い塊が爆発し、ビーは身も心も砕け散った。果てしなく続く快感の波にのまれて彼女は嗚咽《おえつ》し、力なくセルギオスに身をあずけた。

「さあ、眠るんだ」セルギオスは汗ばむビーの体を抱きしめた。「明日はきっとエレニのことで心身ともに疲れるからね」

私のことがよくわかっているのね。ビーは笑いそうになったが、あまりに疲れていてそれ以上は何も考えられなかった。メリタと、エレニの心配と、情熱に体力を奪われ、ビーは深い眠りに落ちた。

ロンドンに戻った最初の夜を、ビーは母と過ごした。エミリアはギリシアに移り住むことに期待と不安の両方を抱いていた。

翌日の朝、エレニは病院に入った。一時間もかからない手術について外科医と看護師が二人がかりで懇切丁寧に説明してくれた。それでも、ビーは不安だった。とりわけ心配なのは、幼いエレニが手術後に懸念される痛みに耐えられるかどうかだった。

「大丈夫、よけいな心配はするな」セルギオスは語気を強めて妻をなだめた。それは不安と心配で気持ちが揺れ動くビーには頼もしい支えとなった。「ほとんど危険のない手術だ。すぐに回復するよ。聴力が改善しない可能性もあるが、あの子のコミュニケーション能力の遅れを考えれば、試す価値はある」

膝にのせたエレニの小さな体をひしと抱きしめながら、ビーは涙をこらえた。この手術が現在可能な最善の治療だとずっと前に自分で判断したのに、泣いたりしたら恥ずかしい。「だってまだこんなに幼くて、大人を信用しきっているんですもの」

「僕と結婚したときの君のようにね」

ビーは夫のからかいに驚いた。

「あのときの君は自分がいったいどんな取り引きをしたか、まるでわかっていなかった。だが、結果的にそんなに悪い取り引きじゃなかっただろう？」

「その答えは一年後にするわ」ビーは彼のうぬぼれを増長させるつもりはなかった。

「完璧な夫になろうと僕がこんなに努力しているのにずいぶんだな」

ビーは夫のハンサムな顔を見上げ、夢見心地のティーンエイジャーのように胸がときめくのを感じた。完璧な夫になる努力？　いつから？　なぜ？　私は不満を言っていないのだから、彼が感心させたいのは私ではない。可能性があるのは彼の祖父だ。ネクタリオスは唯一残された孫息子に家庭を持って落ち着いてほしいと公言してきた。でも、祖父を感心させるための演技であってほしくない。そんな動機だったら、セルギオスは自由を奪われたと感じるはずだ。私たちの結婚を首にぶらさがる障害物のように思ってほしくない。

ビーは手術室のドアの前までエレニに付き添い、セルギオスと一緒に待った。彼が丸一日休みを取ったのは意外だった。何度か外に出て携帯電話でやり取りしたり、秘書がサインの必要な書類を持ってきたりしたものの、セルギオスが仕事を二の次にするのは非常に珍しいことだった。ずっとそばで支えてくれている彼に、ビーは感謝した。

予定どおり手術は短時間で無事に終了し、ビーはエレニのベッドの傍らに腰を下ろした。麻酔はすでに切れつつあり、ぼんやりしているものの、見たところエレニに痛みはないようだ。ビーの姿を見て安心し、エレニはまたすぐにうつらうつらした。付き添いの看護師が来ると、セルギオスは食事と休養をとらせるためにビーを外へ連れ出した。

「君は疲れきっている。何人も子守《ナニー》を雇っているのに、どうして君がこんなふうになるんだ？　家に帰ろう」食事の後半でまどろみはじめた妻を見て、セルギオスは促した。

ビーは非難がましい視線を彼に注いだ。「エレニがまた目を覚ましたときにそばにいたいし、病室に私が使えるベッドも用意されているの。ひと晩じゅう起きているわけじゃないわ」

「たまには自分のことを第一に考えるべきだ」セルギオスは冷静に諭した。

ビーは身をこわばらせた。それは、妻のベッドよりももっと刺激的なものを必要とするときに彼が自分に言い聞かせていること？　退屈や欲望が夫の浮気の口実？　口実が必要かどうかさえ怪しい。もしかしたら、メリタとの関係に慣れきって結婚の誓いを裏切っているという意識もないかもしれない。ビーは夫の顔をまじまじと見た。まっすぐな眉、整った頬骨の上の息をのむような金褐色の瞳、彼女を楽園へといざなう官能的な唇。頬がかっと熱くなり、ビーは急いで視線を引きはがした。

メリタのことを問いただすべきよ。頭の隅で声がした。なぜそうしないの？　どのみち気の重い対決に、ちょうどいい機会なんてあると思って？

けれど、エレニが病院のベッドで寝ている今は間違いなく〝ちょうどいい機会〟ではない。それにメリタの件を無策のまま切りだしたくなかった。自分が何を言いたいかきちんと整理する必要がある。今の私にはその話題はあまりにも重く、とても冷静に対処できるとは思えない。泣きわめいて醜態をさらすのはごめんよ。自分の尊厳を損なうまねだけは絶対にしない。彼を愛しているのは紛れもない事実だ。最終的に残されるのは自分の尊厳だけかもしれない。それと二人がそれぞれの壁の内側に閉じこもるような結婚の抜け殻。愛人のことを話し合ったあとで、ベッドをともにすることがあるかしら？

「どうした？」不意にセルギオスが尋ねた。「何かに取りつかれたような顔をしているよ。エレニは大丈夫だ。心配のしすぎはよくない。簡単な手術だったし、うまくいったんだ」

「ええ、そうね……ごめんなさい。きっと疲れているんだわ」ビーは曖昧につぶやいた。精神的に地獄のような状態にあることを見透かされ、恥ずかしかった。メリタはセクシーで魅力的な女性だ。それについては疑う余地がない。

あのとき、レストランにいたすべての男性の目は、セクシーなメリタに釘《くぎ》づけになっていた。一方、私ときたら、精力的な夫に結婚を本物にする気にさせるのに、裸同然の姿でポールのまわりを扇情的にまわらなければならなかった。ビーは屈辱感に唇を噛《か》みしめた。

「君は何かにつけ心配しすぎるんだ」セルギオスはかぶりを振って強調した。「常にまだ見ぬトラブルを警戒しているようだ」

ビーがエレニの病室に戻ったとき、携帯電話の振動がメールの着信を告げた。またジョンかも。ビーはうんざりしながらジャケットのポケットから電話を取り出した。彼女がロンドンに来ることを知るや、ジョンは慈善事業の関係者との昼食会の話を持ちこんできた。エレニの世話で頭がいっぱいでそれどころではなく、ビーはのらりくらりと逃げていた。だが、メールの送り手はジョンではなく、メリタだった。

〝今ロンドンにいます。二人きりで会ってお話しできないかしら〟

あっけに取られながらも、ビーは〝二人きりで〟という言葉に注意を引かれた。牙をむく小動物でもあるかのように彼女は携帯電話を眺めた。事もあろうに、夫の愛人が妻である私にメールを？　本物かしら？　でも、別人がメリタになりすます理由があるとは思えない。本物だとして、メリタ・シアキスはどうやって私の番号を入手したの？　セルギオスの携帯電話を盗み見たとか？　その可能性が高いが、そうなると、ビーにはいっそうショックだった。電話番号を変えたのはそれほど前のことではない。つまり、私の推測が正しければ、メリタはごく最近セルギオスと会ったことになる。

その晩、エレニがすやすやと寝ている横で、ビーはほとんど眠れずにいた。セルギオスはロンドンのオフィスに向かう途中で病院に立ち寄った。廊下にいたビーは、並外れてハンサムな夫が看護師たちの関心の的となり、ちょっとした騒ぎを引き起こしていることに気づいた。すらっとして力強い体をチャコールグレーの最高級のスーツに包んだ彼は息をのむほどすてきだった。病室に入ってきた彼を見て、エレニも歓声をあげて両手を伸ばした。

険しい口もとを緩めてかすかに笑みらしきものを浮かべ、セルギオスは持っていた包みを置いた。彼は身をかがめてそっとエレニを抱き上げ、ギリシア語で話しかけた。

エレニは大きな黒い目で彼を見上げ、初めて応えた。言葉は不明瞭で意味をなしていなかったが、手術前には決して見られなかった反応だ。

「今朝起きたら、私の話にとても集中するようになっていたの」ビーは明るい口調を装って夫に説明した。「確実に前より聞こえるようになっていると思うわ。話しかけても前みたいに目がきょろきょろしないもの」

ビーは、セルギオスが持ってきた木製のパズルの包みをエレニが開くのを手伝い、それからベッドに備えつけのテーブルを引き出した。

そのとき、看護師がドアから顔をのぞかせ、コーヒーはどうかと尋ねた。

「僕は結構だ」セルギオスは即座に断った。「朝の会議があるものでね」

「主治医が問題なしと判断したら、エレニは今日の午後にでも退院できるそうよ」ビーは夫に報告した。

「それはよかった。ゆうべ君がいなくてパリスとミロが寂しがっていたからね」

そう言う当人が寂しかったと言ってくれたら、ビーはその場でセルギオスの胸に飛びこんでいただろう。だが、そんな心躍る言葉が彼の口から飛び出すことはなかった。おそらく今後もないだろう。セルギオスは感傷的な言葉や気持ちを口にすることはない。私が愛したのは、決して私を愛しているとは言ってくれない男性なのだ。そもそも、すでにメリタのような女性がいて、ほかにも秘密の愛人がいくらでも自由につくれるのに、私ひとりで満足するはずがない。大富豪の彼は、女性に関しては選択肢がふんだんにある。これからもずっとそうなのだろう。

いずれにせよ、私はそうした現実となんとか折り合って結婚生活を送らねばならない。今はまだその方法がわからないけれど。もしかしたらメリタとの対面は、そのために必要な第一歩なのかもしれない。

意を決したビーは、セルギオスが病院の玄関を出るより早く、メリタと会う段取りをつけるメールを送信した。今さら何か失うものがある？　セルギオスは二人が会うのをいやがるだろうが、気にする必要はない。彼に知られることはないはずだ。けれど、彼がもっと二人の関係について率直に話してくれていたら、私はメリタのメールを無視していたはずだ。

すぐに返信があり、午前中にメリタの滞在するチェルシーホテルのバーで会いたいと言ってきた。対応の難しい面談を人目につく場所に設定されたことに警戒し、ビーは彼女の部屋に直接行くと返信した。

メリタと会うなら手持ちのデザイナーズ・ブランドの服を全部並べて選びたいところだが、病院から直接ホテルに向かうとなるとそうはいかない。それに、もともと服に関しては選択肢が少ないことに加え、とっさに外見を飾ろうとした自分の自信のなさが情けなかった。本職のファッションデザイナーに見た目で勝てるはずがないわ。ビーは自嘲し、化粧を直してエレニをナニーに託した。二人いるボディガードに同行の必要はないと告げ、彼女は病院をあとにした。

ホテルのフロント係は、すぐに二階のメリタの部屋を教えてくれた。一度のノックでドアが開くと、目の前にすばらしく魅力的な女性が立っていた。その時点でビーはすでに、ホテルの自室にいるにしては、メリタは着飾りすぎだという印象を受けた。胸の大きく開いた派手なジャケットにタイトスカート、恐ろしく高いヒール……。

「ベアトリス……」メリタはささやいた。「来ていただけて感謝しているわ。でも、このことはセルギオスには内緒にしておきましょうね。男の人って自分が知らないところで何かが起こるのをとてもいやがるから」

10

メリタはこの話し合いが発覚することを私以上に恐れている。ビーは、自分がそういう気持ちにならない限り夫に隠すつもりはなかったので、あえて返事をしなかった。

白と黒を基調にした都会的なデザインの豪華な部屋にはコーヒーが用意されていた。十八センチのヒールに無理をしたらすぐに破れそうなタイトスカートをはいたメリタは、腰をくねらせて慎重にビーの正面に座った。彼女のセクシーさは下品さと紙一重だった。

「セルギオスが再婚するなんてありえないと思っていたの」メリタは憂いを帯びた口調で切りだした。

「でも私たち、お互い大人ですものね。私とあなたがなんというかその……ちょっとした友人になれない理由はないでしょう」

勝手にそう思っていればいいわ。夫と関係を持ったら、私はあなたを殺すかもよ。

「セルギオスとは長年にわたって親しくさせてもらっているの」メリタは悦に入った笑みを浮かべた。

こわばった顔をぴくりともさせず、ビーは唇を引き結んでメリタのいれた熱すぎるコーヒーに口をつけるふりをした。「そうみたいね」

「あなたの領域を侵害するつもりはないわ」メリタはもったいぶった口調で言った。「もともと結婚したり子どもを持ったりする気はないから、妻の座を欲しがったりはしないわ」

「でも、セルギオスを欲しがっているでしょう」思わず言葉が口をついて出た。

「女性なら誰でもセルギオスを欲しがるわ」メリタはおもしろがるように目を見開いた。「けれど、彼を共有できない理由はないでしょう」

「ひとつあるわ」ビーは断言した。「私にそのつもりがないということよ」

ビーの挑発的な発言に驚き、メリタは眉をひそめた。「宣戦布告のつもり？」

「どう解釈していただいても結構よ。私をここに呼んだ理由は何かしら？」ビーはそっけなく尋ねた。

「私にあなたたちの結婚を壊す意思がないことをお伝えして、安心していただこうと思って。セルギオスに屋敷を切り盛りしたり子どもたちの面倒を見たりする役割を果たす人が必要なのは確かだもの。もちろん私は知っているのよ、あなたたちの結婚がその……どう言えばいいかしら……」メリタはいかにも言いにくそうなそぶりを見せた。「お互いの利益のための結婚って言うの？」

「まあ……セルギオスったら、あなたにはそんなふうに言ったの？」ビーは自分にこれほどの演技力があったことに我ながらあきれたが、二人の結婚の事情をメリタが知っていたことに動揺したのを気づかれたくなかった。「男の人って、いやなことをなかなか口に出せないものよね。申し訳ないけれど、私たちの結婚は便宜的な結婚以上のものよ」

「彼とベッドをともにしていると言いたいなら、それは予想がついていたわ。私が一緒にいられないときに、手近にいるのはあなたでしょう。彼も男ですもの。人並み以上にね」メリタは官能的な場面を思い浮かべているかのように目を輝かせ、ねっとりとした口調でささやいた。

ビーは胸がむかつき、バスルームに駆けこんで病院でとったわずかな朝食を吐き出すところだった。メリタの裸身がセルギオスとからみ合うさまを想像すると耐えられなかった。苦しかった。おなかを殴られたようにまともに息ができない。自分が彼女の代役だと考えるのも我慢できない。メリタが提供する刺激的な官能の正餐《せいさん》の代わりの、安くてお手軽なファストフード扱いだなんて。

「ご主人がいまだに隙《すき》あらば私を押し倒しているとは、当然知っているんでしょうね」上品な態度をかなぐり捨て、メリタはビーを憎々しげににらみつけた。「結婚式の夜も私といたのよ。彼を譲るつもりはないわ」

「どうぞご勝手に」ビーはこわばった口調で言い、丁寧にカップを置くと、精いっぱいの威厳を保って立ち上がった。「どうやらあまりにざっくばらんな話をしすぎたようだわ。また私に連絡をしてきたら、今度はセルギオスに言います」

「私を脅すの？」メリタは激怒してわめいた。

ビーは部屋を出て、エレベーターに乗るまで振り返りもしなければ、息もしなかった。セルギオスは今でも愛人と関係を続けている。そしてそれは結婚式の夜からだという。けれど、なぜ私がショックを受けるの？　そうじゃないと思っていたから？　旺盛な欲望を持つことで有名な男性が突然生まれ変ったように誠実な結婚生活を始めるとでも？　そんなのはありえない。私は、結婚する前に夫が愛人との関係を継続することに同意し、セルギオスはメリタは自分の人生の譲れない一部だとはっきり宣言した。にもかかわらず、私はこの結婚を想像もしなかったほど本物に近いものにさせてしまった。

ビーはうつろな目でホテルを出た。ひどく頭が混乱し、感情が胸の中で荒れ狂っていた。行くあてもなかったが、こんな状態で病院には戻れないし、母を巻きこみたくもなかった。

不意に携帯電話が鳴った。ジョン・タウンゼントからだ。ため息をもらしながらも、ビーはなんとなくほっとして電話に出た。慈善団体の広報担当の女性と彼のアパートメントで昼食をとらないかという誘いだった。とりあえず行く場所は確保できるわ。世界が足もとから崩れようとしているときに何か行動を起こせる。ビーは同意してバスに乗った。悲痛な思いで頭がいっぱいで、尾行されていることには気づかなかった。

セルギオスは病院でビーに合流するつもりで、すでに仕事の予定をキャンセルして会社を出ていた。ビーがメリタと会ったという知らせを聞き、彼は魚雷に吹き飛ばされたような衝撃を受けた。どうなっているんだ？　いったいどうしてそんなことに？　恐ろしい罠《わな》にはめられている気がして、ボディガードがもたらした二つ目の知らせを冷静に受け止める余裕はなかった。

僕の妻が、ジョン・タウンゼントの所有するアパートメントに入っていっただと？

「ベアトリス……」

ビーは玄関のドアを閉めた瞬間、昼食の誘いに応じたことを悔やんだ。ジョンはひとりだった。広報担当の女性は渋滞につかまっているという。ホストの仰々しい歓迎ぶりはビーをますます居心地悪くさせた。

ビーは皿の上のサラダをつついた。慈善事業に話題を引き戻そうと試みたのはこれで三度目だ。明らかにジョンはそれよりも二人の過去の話がしたくてたまらないようだ。

「あのころの僕たちは本当にうまくいっていた」ジョンはなつかしそうにため息をついた。

「私が思っていたほど実際はうまくいっていなかったようだけど。二人ともまだ若すぎたのね」ビーはさりげなく当てこすった。

「どんなに大切な人か気づいたときには君を失っていた」ジョンはずうずうしくも言ってのけた。

「よくあることよ」ほほ笑もうとしたものの、ビーの唇はぎこちなくゆがんだだけだった。二人の過去をよみがえらせようと躍起になるジョンの意図をそつなくかわせるような精神状態ではなかった。「私に満足していたら、浮気なんてしなかったでしょうに」

ジョンが手を重ねてきた。ビーは腹立たしさのあまりその手にフォークを突き立てたくなった。

「ジェンナは――」

ビーは手を上げて制した。「それ以上言わないで。あなたの結婚生活の話なんてこれっぽっちも聞きたくないの。私には関係ないわ」

「もしかしたら僕は関係があってほしいと思っているのかもしれない」

「おかど違いの努力をしている可能性のほうが高いわね。私は夫を愛しているの」ビーはいらいらと言い返した。「そろそろ失礼するわ。病院に戻らないと」

ビーが立つと同時にジョンも立ち上がった。そのとき、ドアベルが鳴り響いた。訪問者の指がボタンに糊《のり》づけされたかのようにけたたましく鳴り続けている。

「広報担当の方が遅れて見えて残念だわ」

「あれは君を誘うための方便だ」ジョンは吐き捨てるように言った。整った顔だちが怒りにゆがみ、癇《かん》癪《しゃく》を起こした男の子のような顔つきになっている。

「私は人を信用しすぎるってセルギオスに言われたけれど、正解だったようね」邪魔が入って腹立ち紛れにドアを乱暴に開けるジョンにビーは言った。そして次の瞬間、玄関の前に立つセルギオスを見て愕《がく》然《ぜん》とした。「何をしているの？　ここにいるのがどうしてわかったの？」

怒りにくすぶるセルギオスの目が、うろたえているジョンにひたと向けられた。「どうして僕の妻は、君は人を信用しすぎると言った僕が正しかったと言っているんだ？」

ビーはジョンのことなどどうでもよかった。小細工を弄《ろう》した元恋人は腹立たしい限りだが、セルギオスに手荒なまねはさせたくなかった。夫の態度から発する怒りの大きさからすると、自分が取りなさなければとんでもない事態に発展しそうだ。「冗談よ。慈善ディナーの話をしていて――」

セルギオスはビーの手首をつかみ、危険な汚染源から一刻も早く離したいとばかりにアパートメントから引き出した。そして、青ざめてすくみ上がっているジョンをにらみつけた。「僕の妻にちょっかいを出すな。僕のものはずっと僕のものだ。せいぜい忘れないことだな」凍りつくような冷たい声で言い放ち、彼はドアを力任せに閉めた。

〝僕のものはずっと僕のもの〟ですって？　いきなり耳に飛びこんできた性差別的な発言に激怒していなければ、皮肉のひとつも言っていたところだった。

「あなたってときどきひどく芝居がかったことをするのね」ビーは初めて彼のそうした一面に気づいた。「タウンゼントのアパートメントで二人きりで何をしていた?」セルギオスは悪びれもせずに怒鳴りつけた。

「あなたには関係ないわ」

エレベーターが一階に着くと、セルギオスはビーをにらんだ。「説明しろ」

「エレニを迎えに行かないの?」得意げに笑うメリタの高慢な顔が目に浮かび、ビーは冷ややかに尋ねた。吐き気が戻ってきて、肌に汗がにじむ。

「エレニなら一時間前に退院した。カレンから連絡があったから、家に連れて帰るように頼んだ」

「そう」ビーは短く応じ、口をつぐんだ。エレニが午後には退院する予定だったのを忘れていたことに強い罪悪感を覚えた。この二時間余りの感情の嵐にビーは疲れきっていた。私の愛する夫は愛人と定期的にベッドをともにし、その関係を終わらせるつもりもない。これからどうすればいいの? メリタのことで言い争うような情けないまねが私にできるだろうか? 彼にどれほど深い思いを寄せているかわかってしまう危険を冒せるかしら?

それとも、分別のある行動をとるとか。冷静に受け入れて前へ進む? 確かなのは、二度と夫とはベッドをともにしないということだ。メリタがかかわっている限り、セックスなど論外だ。けれど、私は母や子どもたちのために長期間の契約を結んでしまった。家を出るくらいの派手な行動を見せてやらなければと全身の細胞がいくら叫んでも、そんなことをしたら、多くの罪もない人たちが傷つく。セルギオスでさえ、私は簡単にあきらめるタイプではないと言ったが、それは正しい。約束した以上、どんなことがあろうと最後まで成し遂げてみせる。

メリタのことも乗り越えて? そんな状況になっ

てもまだ約束を果たそうと努力できる？　ナイフを突き立てられたかのようにビーの胸に鋭い痛みが走った。私たちは最初の取り決めからずいぶん逸脱している。私はセルギオスにあまりにも深い愛情を抱いてしまい、再び距離をおくのは困難だろう。彼を横暴な雇い主のように考えることができると本気で思っていたなんて愚かにもほどがある。愛する彼の顔を見ると、最初の取り決めを守って彼の浮気を認めるだけの強さが自分にあるとは思えなかった。

二人のあいだに存在すると確信しているものに背を向けるなんてできそうにない。背を向けたら、メリタが自分に取って代わるとわかっているのに。朝セルギオスをキスで起こすのはメリタになる。彼が居心地のいい小さなレストランに連れていくのも、驚くほど大きなダイヤモンドを買ってあげるのも。私とベッドをともにしたのは、欲望を満たしてくれる手近な相手がほかにいなかったからだと知りながら、どうして耐えられるだろう？　私にとってはとても大切なことが、彼にはほとんど意味のないことだったのは明らかだ。行き場のない苦悩の叫びがこみあげ、ビーは体が二つに引き裂かれそうな気がした。

リムジンが止まった。血の気の引いた顔で車を降り、前も見ずに歩いていたビーは、突然立ち止まった。着いたのはセルギオスのロンドンの自宅ではなく、ビーがこれまで来たことのないアパートメントの前だった。「ここはどこ？」

「ここにも部屋を所有している」

「あら……そうなの？」ビーは皮肉めいた口調で言った。結婚式の夜にブロンドの愛人とベッドをともにするために来たのはここかしら。メリタにはわざわざセクシーなランジェリーをつけるように促す必要もなかったに違いない。彼女なら自分で用意していただろう。もっとも、何もつけないでいたかもしれない。まったく、私ったら本気で髪をブロンドに染めるつもりだったのかしら？　それほど情けないまねを？　私のプライドや自立心はどこに消えてしまったの？

愛が私からプライドや自立心を奪ったのよ。ビーの胸にまた痛みが走った。

セルギオスが持っていることさえ知らなかった部屋に向かうエレベーターの中で、ビーは呆然《ぼうぜん》自失の状態で立ちつくしていた。愛が私の心を空っぽに、そして弱くした。彼に執着し、一緒にいるためなら、髪の色を変えて凝ったランジェリーを着けるのもいとわなかった。けれど、そんなことに意味がないのはわかっている。そんなものは表面を糊塗《こと》するだけで、破綻する定めの関係を救う役には立たない。なんの取り柄もなく、平凡で堅物のビー・ブレイクと大金持ちでゴージャスなセルギオス・デモニデスの関係は最初から破綻する運命にあった。そうでしょう？　あまりにも違いすぎる二人が、あらゆる困難が待ち構える結婚生活を乗り越えていけるはずがない。奇跡や途方もない夢の実現を信じるのでなければ。私は、奇跡はある、夢はかなうと必死に信じこもうとしていたのだ。

激しい感情の嵐にとらわれてほとんどまわりが目に入らないまま、ビーは広い居間に入った。がらんとして普段使われているとは思えず、人が住んでいる形跡がなかった。「そう、ここがあなたとメリタの——」

ビーが恐ろしい言葉を口にしたかのように、セルギオスは凍りついた。顔をこわばらせ、口もとが引きつっている。「違う。祖父がロンドンに来たときに使う部屋だ。人の世話になるのをいやがるものでね。ここは会社名義の不動産だ」

ビーはうなずき、心持ち肩の力を抜いた。今やビーはメリタ・シアキスに憎しみを抱くようになっていた。彼女がセルギオスと過ごした場所をはじめ、彼女に関係したどんなものにも。

「メリタがここに来たことはない。彼女には自分のアパートメントがある」ビーの心を読んだかのようにセルギオスが言った。

これほど悪意に満ちた感情を抱いたことのなかったビーは、彼の勘の鋭さが恨めしかった。恥ずかしさのあまり、顔がほてって髪の生え際まで赤くなる。急にセルギオスを見ていられなくなり、彼女はくるりと背を向けて窓の外を眺めるふりをした。

「どんなことをしてでも、僕は君を手放したくない」セルギオスの声は驚くほど険しかった。「タウンゼントをぶちのめさなかったことを感謝してほしいものだ」

「ずいぶん荒っぽいことを考えるのね」ビーはかすかに後ろ暗い喜びを覚えた。自分は浮気をしていないがら私を独占しようとするセルギオスには開いた口がふさがらない。けれど、彼がつなぎ止めておきたいのは、もちろん妻としての私だ。子どもたちのために必要だから。子どもたちは私になついているし、私も彼らが大好きだ。私も彼も納得できる妥協点を見いださなければならない。ふくれあがった感情で私は判断力が鈍っている。この混乱した状況を打開する道を示す魔法のような解決策を探さなければ。

「僕を見て」セルギオスが促した。

「いや」本心からの言葉だったが、それでも彼女は振り向いた。

なぜかしら、とビーはいぶかった。今の私にはジョンが思いどおりにならずにすねている子どものようにしか思えなくなったのに、セルギオスについてはまだいやなところを見つけられないでいる。いろいろな事実が判明したにもかかわらず。息をのむほど美しい金褐色の目からうっすらと無精髭《ひげ》に覆われた顎まで、相変わらずゴージャスだ。

「それでいい」セルギオスは、ビーがどぎまぎするほど彼女の顔をまじまじと見てささやいた。

「どうしてここに連れてきたの？」

「言い争いになる可能性もあるからだ。僕たちの口論を子どもたちには聞かせたくない」セルギオスは真剣な表情できっぱりと言った。

「本当にあなたはよく気がまわるのね」私は違う。実際にそうなるまでその危険性に気づかなかっただろう。

「僕たちはあの子たちにできるだけのことをしなければ——」

「私の任務を思い出させようとしているわけ？」ビーは硬い口調で遮り、問いただした。不意に目に涙がにじむ。

「どんなことをしても、君を手放したくない」

「それはもう聞いたわ」

「こんなことを女性に言ったのは初めてだ」セルギオスはぶっきらぼうに言った。まるで今にも誰かに殴られるのを覚悟しているかのようにたくましい肩をそびやかし、足を踏ん張っている。

セルギオスは何もかも手に入れたがっている。欲張りすぎなのよ。そう思い、ビーの気持ちは沈んだ。愛人も妻も欲しいだなんて。彼は快適で楽しい人生を生きるにはその両方が必要だと信じている。そこに感情は介在しない。私も彼のように割り切れたらどんなに楽か！　目頭が熱くなり、彼の前で涙があふれ出るのを恐れてビーは懸命に目を見開いた。

「しばらくここにいるなら、少し横になっていいかしら」なんとかひとりになりたくてビーは彼に訴えた。

「もちろんだ」セルギオスは廊下に通じるドアを開けた。

寝室に案内されたビーは、彼が自らベッドカバーを取り、上掛けをめくってくれたことに驚いた。さらに、彼の目に今までに見たこともない不安が浮かんでいるのに気づき、ビーは初めて、彼も動揺していることを知った。

「ありがとう」ビーは礼を言って、ジャケットと靴を脱いだ。

「何か飲み物は？」

「ブランデーを」ショック状態のときに効くと本で読んだ気がする。現代ではあまり正しい対処法とは言えないかもしれないけれど。それどころか、アルコールは気分を落ちこませる効果があるんじゃなかった？　これ以上落ちこみたくはない。

するとことができてほっとした様子でセルギオスが部屋を出ていくと、ビーはベッドに腰を下ろした。それもつかの間、セルギオスが戻ってきて、ブランデーが半分まで入ったタンブラーを彼女に渡した。

「もしかして酔わせようとしているの？」信じられないという口調でビーは言った。

「君は幽霊みたいな顔をしている。頬はげっそりして血の気がない。さあ、飲み干して」

「こんなふうにあなたと生活するのはもう無理だわ……」考える間もなく、口から勝手に言葉が飛び出していた。

セルギオスはビーの足もとにひざまずき、タンブラーを彼女の口に押しつけた。「飲むんだ」

「気持ちが悪くなるわ」

「大丈夫だよ」

そのとき突然、ビーはタンブラーを持つ彼の手がかすかに震えていることに気づいた。単なる気つけ薬ではなく、命にかかわる薬をのませているかのようだ。ひと口すると、炎をのみこんだように喉を焦がして胃に落ちていく感覚に、ビーはむせて咳《せ》きこんだ。発作がおさまり、顔を上げた彼女の目の前に、緊張した夫の顔があった。

「いったいどうしたの？」ビーはいらだたしげに尋

ねた。「あなたらしくないわ。変なことばかり」

　彼は身を起こし、まっすぐに立った。「どうしろというんだ？　君は僕の元愛人に会いに行った。そしてその足で昔の恋人の家に行った。明らかに君とよりを戻そうと躍起になっている男の家に」彼は怒りをぶちまけた。「つまり、今日は僕にとってさんざんな日で、いまだに何がどうなっているのか、さっぱり理解できないんだ！」

　元愛人？　ビーの耳がぴくりと反応した。セルギオスはせっぱつまり、嘘《うそ》で切り抜けようとしているの？　愛人との関係は終わっていると？　懸命に考えながらビーはまとまった量のブランデーを喉に流しこんだ。染みわたるブランデーの熱が空っぽのおなかになぜか心地よかった。

「なぜメリタに会った？」セルギオスは重苦しい口調で問いつめた。「いったいなんだってそんなことをした？」

「会いたいから来てくれないかと、彼女から打診があったからよ」

　セルギオスは凍りついた。「彼女が頼んだ……君に？」

　ビーはぐいと顎を上げた。「そうよ。それに、私も興味があったの。当然でしょう。先週、島で彼女を見かけたから」

　セルギオスは不快そうに目を細めた。「そのことはネクタリオスから聞いていたが、君が彼女の正体に気づかないことを願っていた」

　ビーはあきれたように目をくるりとさせた。「それほどばかじゃないわ」

「そうらしいな。だが、結婚してからも僕が彼女と会っていると思っているなら、君はばかだ」

「メリタによれば、あなたは隙あらば彼女を押し倒しているそうよ。彼女の言葉をそのまま使わせてもらうならね」

セルギオスは心底驚いた表情を浮かべた。「そんな女ではないと思っていた。僕たちは円満に別れた。少なくとも僕はそう信じていたんだ」

「最後に彼女に会ったのはいつ？」

「六週間くらい前にアテネで会った。ただし、ベッドをともにしてはいない」セルギオスは自嘲気味に続けた。「結婚してから彼女と関係を持ったことは一度もない」

ビーは見下したような笑い声をあげた。「どうしたらそれを信じられるというの？　メリタは、あなた自身が結婚しても自分の人生に不可欠だと言い張った女性なのよ」

「それは事実だ。メリタはいわば日々の習慣のようなものだった」

「習慣ですって？」ビーは嫌悪もあらわにきき返した。

「つまり、ロマンチックな関係ではないという意味だ。僕は彼女のブティックに出資し、彼女は僕とベッドをともにする。メリタは世界じゅうどこにでも会いに来た。いちいち違う女性を見つけて相手にするより彼女を愛人にしていたほうが楽だった」セルギオスはきまり悪そうに打ち明けた。「メリタとは昔からの知り合いだった。彼女の最初のファッションショーを支援したのは、同郷のよしみからだ。クリスタが死んだあと、いつの間にかベッドをともにするようになった。当時の僕は濃密な関係を避けていたから、情事に対するメリタのさばけた考え方が魅力的に思えた」

「別れたのなら、なぜ彼女は嘘をついたの？」

「君と僕がもめれば、自分のもとに戻ってくるとでも考えたんだろう」セルギオスは腹立たしげに推測を口にした。「君に近づいて嘘をつくとはもってのほかだ。別れるときに慰謝料代わりにかなりの額の金を渡しているのに、まだ不満なのか」

「結婚式の夜もあなたといたと言っていたわ」

セルギオスはこらえきれずに悪態をついた。目には怒りの炎が燃えている。「確かに会うことになっていた。だが、キャンセルした」

「でも、あなたは外出したわ」

「カジノで遊び、酒を飲んだ。彼女のところに行くのは間違っている気がしたからだ。僕たちの結婚は見せかけのはずだったが、それでもわざわざ結婚初夜に愛人と一緒にいたら……」セルギオスはばつが悪そうに肩をすくめた。「君に対してあまりに失礼だと感じた。だから、やめたんだ」

「失礼、ね」ビーはぼんやりと繰り返し、セルギオスの顔を見つめた。そこにあるのは、気まずさと真剣さだった。

「誓って言うが、メリタとは会っていない」セルギオスはうめいた。彼の忍耐はほとんど限界を超えていた。「ここに引きずってきて、君の目の前で白状させなければ信じないと言うなら、僕は躊躇《ちゅうちょ》なくそうする」

「来るはずないわ」

「来るさ、金を返せと言えばね。彼女は僕との関係について分別をもって対処することを約束し、法的な効力を持つ合意書にもサインをした。僕の妻に近づいて嘘をつくのはどう考えても、分別のある行動とは言えない」今さらのように怒りに駆られ、セルギオスは声を荒らげた。

ビーは、メリタが二人で会うことをセルギオスに知られないようにしようと強く釘《くぎ》を刺したことを思い出した。彼との関係について黙っていることを条件に大金を受け取ったのなら無理もない。けれど、彼女は本当に私たちをもめさせたかっただけなのかしら？　当然、メリタはセルギオスとの破局を私のせいだと考えていただろう。

「あなたを信じる気になってきたわ」私はとんでも

ないおひとよしかもね。ビーは内心で顔をしかめた。そして、今まで彼がどんなことでも嘘はついていないことを思い出した。嘘をつくどころか、いつも恐ろしいくらい正直だった。

「よかった」セルギオスはほっとしたように言った。

「だけど、なぜあなたが結婚後も彼女とは別れないと断言したのか、私には理解できない。こうしてたった数週間で彼女を捨てるなら」

セルギオスは苦しげにうめいた。「君を手に入れたことで彼女が不要になったのは明らかじゃないかな」

「そう……」ビーにはそれしか言えなかった。彼にはそれほど単純な話だったの？　メリタとの関係を維持しなくても、妻とのセックスで充分に事足りるとわかったということ？　セルギオスの言葉を聞く限り、どうもそうらしい。夫がメリタと浮気をしていなかったと知って、ビーは心から安堵した。気が緩んだせいか、頭がくらくらする。ブランデーを飲みすぎたのかもしれないけれど。

「ベッドの中の君はとてもすてきだ。非の打ちどころがないよ、僕の奥さん《イネカ・ムー》」

「本当に？」意外な褒め言葉に、ビーは大きな目を見開いた。

「君と結婚してから、ほかの女性には目が行かなくなった」セルギオスは喉の奥から絞り出すように言った。「これからもそうだ。約束する。僕と一緒に家に帰ってくれないか？」

ビーはにっこり笑った。「その前に、今日の午後、私の居場所を知っていた理由を教えて」

「ボディガードは、彼らの同伴なしで君がどこかへ行こうとするときは、君の指示に従わないほうがいいと心得ている。だから、あとをつけたんだ。タウンゼントの要求はなんだったんだ？」

「どうやら私自身だったみたい。でも、私は興味ないから、彼に言ってやったの、私は……その……」ビーは告白しかけて口ごもった。「ジョンに言ったの、あなたに愛着がわいてきたってね」

「愛着がわいた？　それは事実かい？」セルギオスは優しく尋ね、ビーの隣に腰を下ろした。彼女の髪を小さな耳にそっとかける。「僕も君にずいぶん愛着がわいてしまったよ」

「セックスに関してはね」あくまで正確性にこだわり、ビーは補足した。

「確かに君の胸はみごとだ。それは認める。君と初めて会った夜に最初に目が行ったのも胸だった」セルギオスは口もとにいたずらっぽい笑みを浮かべて白状した。「だが君は、その第一印象に何枚ものベールをかけた。君は人の話を聞くのが上手で、一緒にいて楽しく、誠実で知的で愛情が豊かだ。僕が怒ったりいらだったりしていても、うまく落ち着かせてくれる。僕が冷徹な行動をとると、君は違った観点を示してくれる。君が子どもたちに対してどれほどすばらしい存在かは言わないよ。なぜなら、君と僕の関係はもうそれとは関係ないから――」

彼の優しい言葉のひと言ひと言に聞き入っていたビーは、とっさに口を挟んだ。「もう……関係ないの？」

「もちろんだ。初めは便宜上の結婚だったが」

「メリタにもそう言ったのね？」メリタから聞いたときの屈辱を思い出し、ビーは眉根を寄せた。

セルギオスは引きつった彼女の口もとを指でなぞった。「口を滑らせてしまったかもしれない。あの時点では本当にビジネスライクの結婚生活を送ると思っていたからね」

「それで、今はどう思っているの？」ビーがささやいた。

「君が祭壇に立ったときには、生涯最高の大もうけをした気分だったよ」セルギオスは断言した。ビーを見つめる彼の目は温かさに満ちていた。今まで見たこともないほどに。「僕がどんなに君に夢中か、どうかわかってほしい。君が僕にもう一度、人を愛することを教えてくれた。そして人を信じるすばらしさを教え、僕の人生を変えたんだ」

ビーは目を見開いた。「私に夢中ですって？」

「どうしようもないくらい君を愛している」

ビーは、大きなテディベアを抱くように夫の体に両腕をまわし、力いっぱい抱きしめた。「私もよ。〝愛着がわいた〟なんて言い方をしたのは、見栄を張っただけよ」

「そうであってほしいと願っていたよ、愛する人《アガペ・ムー》」

「私もあなたを愛している。でも、いまだにその理由がわからないの」

「気が変わると大変だから、その点はあまり深く考えないでほしいな」

「だって、結婚したときのあなたは必ずしも誰かから世界でいちばん愛されるタイプの人じゃなかったんですもの」

「そうかもしれないが、今はずいぶん努力しているよ。もちろんこれからも努力は続ける」

ビーはうっとりとした目で、彼の顔をのぞきこんだ。「約束してくれる？」

「約束する。君を愛している。僕の望みは君を幸せにすることだけだ」

夫の潤んだ目に浮かぶ誠実さはビーの感受性豊かな心にまっすぐ届いた。熱い涙があふれて目を焦がす。ようやく彼を信じることができる。私たちの結婚はもう揺らぎはしない。何よりも、セルギオスは今、夢に見たとおりの形で私のものになった。彼は私を愛している。二人をつないでいるのは愛だけ。

「あのドレスを買ったときに厄介なことになると気づくべきだったよ」セルギオスは笑いながら打ち明けた。

「どうしてファッションショーに?」セルギオスが顔をしかめたのを見て、ビーはぴんときた。「メリタに同行していたのね。それなのに、私が着るドレスを選んだの?」ビーはあきれ顔で問いつめた。

「あのドレスを見たら、それを着た君の姿を想像せずにはいられなかった。強引なのはわかっていたが、どうしても君に着せたかった」

結婚する前からセルギオスが自分に惹《ひ》かれていたと知り、ビーは胸がいっぱいになった。「なのに私たちは、私が本物の花嫁ではなく、従業員みたいな立場になると思いこんでいたのね」

「この僕でもたまには間抜けなことをする」

ビーはにやりとした。「ちょっと待って、レコーダーを持ってきて今の言葉を録音するから」

「君に関しては確かに僕は愚かだった。初めて出会ったときから君に感じていた自分の気持ちと闘っていたんだ」

「それだけクリスタとの結婚が残した傷が深かったのね」ビーは優しく慰めた。そのことを理解し、ビーは許す気持ちになっていた。セルギオスが彼女への気持ちに気づくまで時間がかかったことを。

「人と真剣にかかわらないほうが楽に生きられると思ったんだ。君は、僕が自分自身について知っていると思っていたことをすべて変えてしまった。君が欲しくなった。ベッドでも、それ以外の場所でも、朝から晩まで僕のすべてにかかわってほしいと思った」セルギオスはビーの唇にゆっくりと優しいキスをした。「メリタと別れたことを言わなかったのは、言う必要を感じなかったからだ」

「愛人と妻の両方を持つ気でいるんだと思ったわ」

セルギオスが笑いだした。「さすがにそこまで愚かじゃないよ。そんなことは思いもしなかったが、たぶん、あっという間に気が変わって絶対にしないと宣言した本当の結婚をしたがるのは格好悪いと思ったんだろう」

ビーは新たな自信がわいたことに勇気を得て、セルギオスの高い頬骨に指先を走らせた。「そんなこと、まったく思いつかなかったわ」

「結局、何もかも完璧に計算された結婚だと自信満々だったのに、僕の面目は丸つぶれになった。君に手を出さずにいられなかったからだ」

「メリタを見て、あなたが好きなのはブロンドだけだと思ったの……それで髪を染めようかなんて考えたこともあったのよ。我ながらあれは最低だったわね」ビーは顔をしかめた。

セルギオスは大笑いし、彼女のつややかな褐色の髪を長い指で優しくすいた。「染めたりしなくてよかった。このままがいちばんすてきだ」

「でも、あなたのために伸ばすかもしれないわ」ビーは気持ちにゆとりが出たのを感じつつ言った。

セルギオスはビーを枕の上に押し倒して唇を重ねた。ビーも夢中でキスを返す。

「ここに来たからには、有効に活用しなくては」

「そのとおりね」下腹部に引きつるような欲望を感じてビーのピンク色の唇はふっくらとし、目は熱い願望に大きく見開かれた。

二人のキスは自然な流れで大胆な愛の営みへと移った。愛し合ったあと、夫の腕に包まれながら、ビーは愛されているという安心感と限りない幸福感、さらに今自分が手にしているものに感謝の念を抱いた。

その夜、ロンドンの家に戻る車中、セルギオスはやや照れくさそうにビーの顔を探った。「何カ月かしたら赤ん坊をつくってもいいと思うんだが」

「どうせもうたくさんいるから、あとひとりくらい問題ないという理由で？」ビーはたっぷりと皮肉をきかせて言った。

セルギオスは顔をしかめた。「当てつけを言われてもしかたがないな。けれど僕は変わったんだ。いつか君との子どもが欲しいと思っている」

「心を入れ替えたようだから、許可してあげるわ」ビーは楽しげに言い、彼の腕に大胆に身を投げ出して頬をすり寄せた。「それに、あなたに愛されているとわかったからには、私がこんなことをするのにも慣れてもらわなくちゃ」

セルギオスはしっかりとビーの体に腕をまわし、まばゆいばかりに輝く妻の顔を見つめた。「僕はもう、こういうのも悪くないと思っているかもしれないよ、イネカ・ムー」

ビーは安心した。これで私は好きなだけ夫を抱きしめることができる。これからはどんな困難に見舞われようと、セルギオスと二人で克服していけるだろう。

エピローグ

「気分はどうだい?」セルギオスが心配顔で妻に尋ねた。

「まったく問題なしよ!」叫ぶように答えるや、ビーは目を大きく見開いて夫を見た。「だから大騒ぎしないで」

とはいえ、鏡に映った自分の姿にはげんなりした。今日はネクタリオスの八十三歳の誕生日で、二人はオレストス島の我が家で盛大なパーティを開こうとしていた。

ビーはお気に入りの美しいイブニングドレスを着ていた。とはいえ、自分でも断言できた。大きいおなかのドレス姿はおよそエレガントには見えない、と。耳と胸もとに輝くみごとなダイヤモンドをつけていてさえも。初めての赤ん坊を宿して八カ月になろうとしている彼女は、風を受けてふくらんだヨットの帆になった気分だった。

セルギオスは背後からビーを抱きしめ、ふくらんだおなかにそっと手を添えた。すると、赤ん坊に蹴られて妻のおなかがかすかに震えるのを感じ、うっとりとした。直近の超音波検査によれば、赤ん坊は女の子らしい。四歳になったエレニはもうすぐ妹が生まれることをとても楽しみにしていた。

ビーも嬉々《きき》として子ども部屋を飾りつけ、ベビー用品やベビー服を選ぶのに余念がなかった。セルギオスと結婚してもうすぐ三年になるなんて、とうてい信じられない。自分たちの子どもを持つ時期を当初の考えより少しあとにしたものの、ビーはすぐに妊娠した。今や彼女の心はなんの憂いもなく澄みわたっている。前年にメリタ・シアキスは島の家を売却してイタリア人富豪とミラノに居を構えた。ジョン・タウンゼントに失望したビーは、彼が主催する慈善事業にかかわることはなかったが、ほかの慈善事業に尽力していた。それは、彼女の母親のような成人の障害者を支援する事業だった。ビーは、子どもたちを追いかけまわしたり、二晩と離れていられないセルギオスについて世界を飛びまわったりしているとき以外は、主催する慈善団体のスポンサー探しや資金調達に腕をふるった。

母のエミリアは、オレストス島の家に落ち着いた。ここ何年間かのうちでいちばん幸せで、健康そうに見える。母は島の生活にすっかりなじみ、以前のような孤独や退屈を感じなくなった。娘のそばに住めることを喜び、パリスやミロやエレニが家に出入りするのを心から喜んだ。ネクタリオスは頻繁に孫息子の家を訪ね、大歓迎を受けた。四番目の曽孫《ひまご》の誕生を心待ちにしている。

「君はあれやこれやとこのパーティの手配に夢中になっていた。だから、へとへとにならないか心配なんだ」セルギオスはなおも気遣わしげに言った。

招待客であふれ返る邸内のざわめきに加え、遠くのほうからプロペラの回転音が聞こえてきた。ヘリコプターがまた新しい客を運んできたのだろう。

「大丈夫よ」夫の心配性にあきれながら、ビーは再び請け合った。妊娠はことのほか順調で、なんの支障もなく普段どおりの日課をこなしている。それでもセルギオスはとても協力的で、定期健診には必ず妻に付き添った。

セルギオスは愛する女性に見入り、彼女に何かあったらという恐怖がわいてくるのを必死に抑えた。愛すれば愛するほど、ビーは彼の世界の中心になり、それにつれて心配も増した。だが何より肝心なのは、彼の人生にビーが現れるまで知らなかった深い愛と充足感を知ったことだ。

「愛しているよ、アガペ・ムー」広く豪華な階段の上でセルギオスはささやいた。

ビーは夫の美しい金褐色の瞳を見つめ、満ち足りた幸せに身も心も躍るのを感じた。セルギオスと一緒に築いた世界で、夫婦と子どもたちは安全で、かけがえのない安らぎに包まれている。「私もあなたを愛しているわ。言葉にできないほど」

見せかけの花嫁
2012年11月20日発行

著　者　リン・グレアム
訳　者　柿沼摩耶（かきぬま　まや）

発行人　立山昭彦
発行所　株式会社ハーレクイン
東京都千代田区外神田 3-16-8
電話 03-5295-8091（営業）
0570-008091（読者サービス係）

印刷・製本　大日本印刷株式会社
東京都新宿区市谷加賀町 1-1-1

編集協力　株式会社遊牧社

ISBN978-4-596-12795-2 C0297

12月5日の新刊 発売日11月30日
※地域および流通の都合により変更になる場合があります。

愛の激しさを知る　ハーレクイン・ロマンス

題名	著者/訳者	番号
雪降る夜の二人	マギー・コックス／漆原 麗訳	R-2799
愛人を演じて（予期せぬプロポーズⅢ）	リン・グレアム／松尾当子訳	R-2800
二百万ドルの情事（スキャンダラスな姉妹Ⅰ）	メラニー・ミルバーン／水月 遙訳	R-2801
恋はオフィスの外で	キャシー・ウィリアムズ／竹内さくら訳	R-2802
夜だけの情熱	メイシー・イエーツ／すなみ 翔訳	R-2803

ピュアな思いに満たされる　ハーレクイン・イマージュ

題名	著者/訳者	番号
恋降る季節　クリスマスツリーに願いを	スーザン・メイアー／北園えりか訳	I-2253
愛は宿り木の下で	バーバラ・ウォレス／北園えりか訳	
エスメラルダの初恋	ベティ・ニールズ／片山真紀訳	I-2254

この情熱は止められない！　ハーレクイン・ディザイア

題名	著者/訳者	番号
憎いのに恋しくて（誘惑された花嫁Ⅱ）	マヤ・バンクス／藤峰みちか訳	D-1541
突然、花嫁に（狂熱の恋人たちⅠ）	キャシー・ディノスキー／野木京子訳	D-1542

もっと読みたい"ハーレクイン"　ハーレクイン・セレクト

題名	著者/訳者	番号
悪魔のようなあなた	シャーロット・ラム／永幡みちこ訳	K-111
愛すれど君は遠く	シャロン・サラ／葉山 笹訳	K-112
恋するクリスマス	ジェシカ・スティール／水間 朋訳	K-113
至福への招待状 大活字版	アニー・ウエスト／小泉まや訳	K-114

華やかなりし時代へ誘う　ハーレクイン・ヒストリカル・スペシャル

題名	著者/訳者	番号
憂鬱なシンデレラ	エリザベス・ロールズ／高山 恵訳	PHS-52
華麗なる密航（リージェンシー・ブライドⅤ）	メグ・アレクサンダー／飯原裕美訳	PHS-53

ハーレクイン文庫　文庫コーナーでお求めください　12月1日発売

題名	著者/訳者	番号
最後の子爵	デボラ・シモンズ／すなみ 翔訳	HQB-482
熱い罠	リン・グレアム／沢 梢枝訳	HQB-483
レディになる日	ヘレン・R・マイヤーズ／牧原由季訳	HQB-484
愛される価値	ペニー・ジョーダン／麻生 恵訳	HQB-485
クリスマスの受難	キャロル・モーティマー／竹本祐子訳	HQB-486
永遠の初恋	ローリー・フォスター／片山真紀訳	HQB-487

ハーレクイン社公式ウェブサイト

新刊情報やキャンペーン情報は、HQ社公式ウェブサイトでもご覧いただけます。

PCから → http://www.harlequin.co.jp/　スマートフォンにも対応！ ハーレクイン 検索

シリーズロマンス（新書判）、ハーレクイン文庫、MIRA文庫などの小説、コミックの情報が一度に閲覧できます。